Nikolay Ivanov Kolev

Vom östlichen Wind verweht

Kurzgeschichten

Deutsche Literaturgesellschaft

Die Deutsche Nationalbibliothek verzeichnet diese Publikation in der Deutschen Nationalbibliografie; detaillierte bibliografische Daten sind im Internet über dnb.dnb.de abrufbar. Die Schweizerische Nationalbibliothek (SNB) verzeichnet aufgenommene Bücher unter Helveticat.ch und die Österreichische Nationalbibliothek (ÖNB) unter onb.ac.at.

Unsere Bücher werden in namhaften Bibliotheken aufgenommen, darunter an den Universitätsbibliotheken Harvard, Oxford und Princeton.

Autor: Nikolay Ivanov Kolev
Titel: Vom östlichen Wind verwehet
ISBN: 978-3-03831-311-3
Buchsatz: Nikolay Ivanov Kolev
Lektorat: Dr. Raliza Koleva, Iva Koleva

Deutsche Literaturgesellschaft ist ein Imprint der Europäische Verlagsgesellschaften GmbH, Erscheinungsort: Zug

Sie finden uns im Internet unter: www.deutsche-literaturgesellschaft.de

Auf dem Umschlag: La Scala, N. I. Kolev, Öl auf Papier, 36x48 cm. Privatbesitz.

Eine Nacht in Dresden

1964. Die Nylonjacke

Die Nacht in Varna war still und warm. Es war eine dieser windstillen Nächte an der Küste, die geradezu nach Liebe verlangte. Zufällige, winzige Wellen murmelten fast lautlos betäubt von den Klängen der Schlagermusik, die nach und nach pulsartig aus dem Park „Meeresgarten" zum Strand drangen. Es war das Jahr 1964.

Trascho starrte angestrengt auf das 200-Tonnen schwere Schiff „Albatros", das auf seine Entladung wartete. Plötzlich ließ ihn ein Licht aus dem hinteren Teil des Schiffes zusammenzucken. Ein schwaches Licht, aber hell genug, um ihm das Signal zu geben, auf das er gewartet hatte. Trascho hatte vorher schon mehrmals diesen Job gemacht, und obwohl sein Herz vor Angst zu bersten drohte, besaß er eine instinktive Entschiedenheit, der sich alles unterwarf. Von seiner Statur her war Trascho ein großer, schmächtiger, 14-jähriger Junge, der an alles im Leben gewöhnt war. Er zog schnell seine Hose und seine Jacke aus. Die Nacht war so hell, dass sein Blick unwillentlich auf die Flicken seiner Jacke fiel, und er empfand Scham beim Vergleich mit den schönen Jacken einiger Jungen in seiner Klasse. Aber jetzt gab es keine Zeit, sich in dieses Problem zu vertiefen. Der andere gegenüber wartete. Leise schritt er ins Wasser bis zum Hals und begann zu schwimmen. Er schwamm mit

Leichtigkeit. Die unzähligen Spiele an der Küste haben aus den kleinen Jungs aus Varna wahre kleine Delphine gemacht. Naja, er war nicht aus Varna, aber das war nicht von Bedeutung. Nach 15 Minuten erreichte er das Ungeheuer. Von unten gesehen sah der Bord des Handelsschiffes wie eine ungeheure Wand aus. Das war die zweite Sache, die er an diesem Job so hasste. Der Typ da oben hörte ihn, richtete seine Taschenlampe zum Wasser, und als er sich überzeugt hatte, dass „der Kanal funktionierte", warf er einen hermetisch verschlossenen Beutel mit etwas Leichtem, der an einem kurzen Riemen angebunden war, herunter. Trascho band den Riemen an sein Kreuz und begann, langsam zu schwimmen. Er schwamm wie ein Hund, und die Ladung störte ihn gar nicht. Am Strand schüttelte er das Wasser ab, blieb etwa zehn Minuten stehen, bis er getrocknet war und sprang in seine Hose hinein. Erneut machten ihn die Flicken an seiner Jacke wütend, und er stellte sich die Frage:

„Was ist eigentlich in dem Beutel?"

Gero, derjenige, dem er den Beutel bringen sollte, hatte die Statur eines kräftigen Gorillas. Aber wirklich sehr kräftig! Wenn Gero erfahren würde, dass Trascho den Beutel aufgemacht hatte, würde Trascho nicht nur die 2 Leva verlieren, die für ihn ein Vermögen darstellten, er würde auch noch von Gero zerquetscht werden ... ja, 2 Leva wären 20 Cevapcici mit Brötchen, das war sein Essen für 2 Wochen, oder Wassermelonen für 3 Stotinki je Kilo, das wären 60 Kilo Wassermelonen, oder ... Trascho verstand es zu handeln. Das hatte er von seinem Vater geerbt. Der Gedanke an seinen Vater schoss durch seinen Kopf, aber er verscheuchte ihn, jetzt gab es keine Zeit dafür. Er spähte in den Beutel und hielt plötzlich den Atem an: Gero, dieser dreckige

Bastard! In dem Beutel befanden sich 10 Nylonjacken. Jede je 15 Leva. Solche Jacken waren in Bulgarien eine Seltenheit, manche zahlten das Doppelte, um auf der Flaniermeile mit einer angeben zu können. Varna war eine Stadt, die nach Mode verrückt war. Jede und jeder würde alles geben, um schick auszusehen. Et voilà..., das war das Erste, was er an diesem Geschäft hasste – das Treffen mit dem Gorilla. Er erinnerte sich an die Worte seiner Großmutter: „Ist er stärker als du, läufst du entweder so schnell weg wie du kannst oder du knallst ihm mit einer starken Faust ins Gesicht - und läufst dann so schnell weg, wie du kannst". Es schien, dass in dem Fall nichts von beidem helfen würde. Der Gorilla würde ihn auch in der Jugendpension finden. Auf dem Weg zu dem Treffen, machte er einen Abstecher in die Baracke gegenüber von der Jugendpension, wo er normalerweise rauchte, und versteckte eine Jacke. Das Treffen glich einem echten Erdbeben. Zu Beginn lief es gut, der Gorilla gab ihm eine 2-Leva-Banknote und eine Zigarette „Goldene Arda" und entfernte sich mit dem Beutel. In diesem Augenblick zischte Trascho ab wie ein Kater, dem auf dem Schwanz getreten worden war, wodurch der Gorilla, so dumm er auch war, schnell schaltete, fieberhaft den Beutel öffnete, sah, dass eine Jacke fehlte, und blitzartig losrannte, um Trascho zu erreichen. Der Gorilla war sehr schnell. Die erste Grätsche von hinten hatte keinen Erfolg, aber die zweite schmiss Trascho auf den Gehsteig, und während er zu sich kam, stellte er fest, dass sein Knochengerüst von den Schlägen des Gorillas vibrierte.

„Wo ist die Jacke, du verdammter Idiot? Spielst du wirklich diese miese Nummer mit mir?" Trascho presste die Zähne zusammen und versuchte, sich gegen die Tritte zu wehren. Der Gorilla wurde müde. Trascho sprang auf, und sein Instinkt trieb ihn an, schnell weg zu laufen und laut zu schreien:

„Wenn du mich noch einmal anrührst, verrate ich dich der Miliz!"

Woher kam ihm dieser geniale Gedanke? Der Gorilla wusste, dass er ihn in dieser Nacht erledigen konnte, aber er saß schon zwei Mal ein. Er schloss wie sich das in Osteuropa gehört noch einmal Trascho's Mutter in sein Schimpfgebet ein und entfernte sich murmelnd. In der Ferne leuchtete sein Feuerzeug auf... In dem Augenblick fühlte Trascho, dass das Erdbeben vorbei war... eine Wärme erfüllte seine Seele mit der Zufriedenheit des Erfolges. Eine Sekunde später realisierte er, dass die Wärme den schmerzvollen blauen Flecken geschuldet war. Die Zigarette in der Tasche war zu Pulver geworden.

Die Jugendpension

Vor 1944 waren die Traschlievs Menschen aus der Mittelschicht. Nach 1944 stellte sich heraus, dass sie weit mehr Intelligenz besaßen, als die Gesellschaft um sie herum erkennen und nutzen konnte. Traschos Opa hatte seinen Vater nach Deutschland geschickt, um Bauingenieurwesen zu studieren. Der Junge, ein wunderbarer und bewundernswerter Schönling, kam zurück und das nicht nur mit einem Diplom in der Hand, sondern auch mit vielen klugen Gedanken. Die Bestellungen der vermögenden Bürger aus Varna zum Bau von Häusern ließen nicht auf sich warten. Die Hochzeit mit der vermögenden Tochter eines Händlers auch nicht. Seine

Mutter war gut erzogen, sprach Französisch, Deutsch und Englisch. Seit Generationen sprachen viele Handelsfamilien in Varna auch Griechisch. Es schien, dass der Krieg, der Zerfall, die unaufhörlichen politischen Feindschaften die junge Familie bis 1947 verschont hatten. Trascho war noch nicht geboren, als sein Vater zum ersten Mal wegen „politischer Unzuverlässigkeit" ins Gefängnis musste. Die Kommunisten zögerten nicht mit der Vorverurteilung: *Wenn er in Deutschland studiert hat, kann man ihm nicht trauen.* Es wurde eine „Arbeitsarmee" von solchen „Subjekten" geschaffen; man trabte sie von einem „nationalen Objekt" zum anderen, sie schufteten 12-Stunden am Tag und so bis zum Tode. Ein Landsmann von ihm, der in der Verwaltung arbeitete, flüsterte ihm zu, dass wenn er nicht einen Weg findet abzuhauen, er dort nicht lebend herauskommen würde. Glücklicherweise half ihm dieser später, gegen einen „nicht sehr kleinen Gefallen", versteht sich. Das Schicksal wollte es, dass Trascho und sein Bruder das Licht der Welt erblickten. Die glücklichste Zeit der Familie war bis 1952. Danach wurde der „politisch nicht vertrauenswürdige Architekt" einkassiert, diesmal aber für immer. Trascho erinnerte sich nicht an seinen Vater. Nach der Enteignungswelle der Kommunisten stürzte sich das Volk in die Städte und insbesondere in die Fabriken. Für Traschos Mutter war es schwierig, mit drei westlichen Sprachen zu überleben - wer brauchte schon eine gebildete Frau? Sie hatte aber mit einer für die Einwohner der Stadt Trojan typischen Tüchtigkeit und einem Einfallsreichtum Russisch gelernt und begann, in einer Schule Kinder zu unterrichten. Der Lohn war 49 Leva, reichte aber, um ihre Familie ernähren zu können. Die Kinder wuchsen fast allein auf, stürmisch und klug. Als die Zeit für die Schule gekommen war, wies sie sie in eine staatliche Pension für Waisenkinder nach Varna ein. Das war der einzige Weg. Dort lebte ihr Onkel, der von Zeit zu Zeit nach ihnen schaute. Sie schickte ihnen monatlich 10 Leva und ab und zu einen Korb mit Proviant, den Verwandte oder Eltern ihrer Schüler ihr schenkten. An solchen Tagen war Trascho der König in der Pension. Der Korb wurde feierlich für alle geöffnet und seine Freunde waren immer begeistert von seiner Großzügigkeit. Der Größte war er auch, wenn die 10 Leva aufgebracht waren, der Korb sich leerte und er sich etwas einfallen lassen musste. Üblicherweise war das der Augenblick, in dem er sich an den Gorilla wandte.

Schepo, man hat ihn so gerufen, weil er ein bisschen mollig war, kam aus einer Familie ehemaliger Anwälte. Diese Gauner lebten sicherlich von verstecktem Gold, dachte Trascho, da Schepo als erster von ihnen ein Kofferradio, ein Fahrrad und einen Ball hatte. Schepo hatte wie Trascho ein Händchen für das Geschäft, und Trascho verstand sich mit ihm immer schnell und leicht. Klar, würde er selbst die Nylonjacke tragen, wäre er der größte Macker in Varna. Aber wenn der Gorilla ihn treffen würde, wäre die Tracht Prügel das kleinste Übel; schlimmer wäre, dass er sich die Jacke schnappen würde. Schepo zitterte vor Aufregung, als er hörte, dass sich die Gelegenheit ergab, an eine Nylonjacke, eine „flüsternde Jacke" wie man sagte, zu kommen. Trascho erfasste den Moment und sagte: „Du kriegst sie für 30 Leva. Aber trag sie erst mal ein paar Tage nicht."

In der Zwischenzeit bot Kiril, ein Junge aus Batoschevo, Bezirk Gabrovo, Schepo ein nie gesehenes Messer gegen einen Liter Schnaps an - die Klinge war grün und das Messer war irgendwie seltsam. Eines Abends spielte der

Vater von Schepo Karten mit Hauptmann Tamnev, einem ehemaligen Gardisten mit schönen Klamotten und einer riesigen Büchersammlung, und mit Baltov, der immer bereit war, Bücher, Briefmarken, Münzen und allen möglichen „Plunder" zu tauschen, wie Trascho diese Gegenstände nannte, während er Schepo von Baltov erzählen hörte. Schepo wusste schon, wem er das Messer anbieten musste, und zeigte es heute Abend Baltov. Baltov wurde nervös, passte im Spiel nicht mehr auf und fragte Schepo schließlich, wie viel er wolle. Schepos Vater genoss den Anblick und dachte bei sich: „Der Apfel fällt nicht weit vom Stamm." Baltov nahm 50 Lewa heraus und das Messer wechselte sofort seinen Eigentümer. Hauptmann Tamnev war allerdings der Einzige, der genau wusste, worum es sich bei dem seltsamen Messer handelte – ein altes thrakisches Schwert, Bronze, mit Feilenzähnen auf einer Seite, mindestens 5. Jahrhundert vor Christus. Hin und wieder kamen solche Gegenstände aus der bulgarischen Erde zum Vorschein, aber die meisten Menschen kannten ihren Wert nicht.

Heute Abend waren alle glücklich: Kiril aus Batoschevo war glücklich, dass er „Plunder" für einen Liter trojanischen Schnaps verkauft hatte, den Schepo wiederum bei Trascho gekauft hatte; Hauptmann Tamnev freute sich fast eine Viertelstunde lang über dieses wunderbare Werk seiner „kriegerischen Vorfahren"; Schepos Vater freute sich über die Entwicklung seines Sohnes; Schepo freute sich über die 20 Lewa, die ihm nach der Bezahlung der Jacke an Trascho geblieben waren, und fühlte Vorfreude, wenn er an die bewundernden Blicke der Mädels dachte.

Schon am nächsten Tag nach der Schule machten sie einen Abstecher zu der Baracke hinter der Pension.

An dem Tag hatte Trascho eine Erleuchtung:

„Das beste Geschäft ist das, bei dem alle zufrieden sind."

Das war nicht „The Bussines School" in Troyes oder in London, oder „The Harvard School of Negotiation", das war das pulsierende Leben der aufgeweckten Jungs von Varna. Trascho war nicht entgangen, dass die ganze Geschichte mit dem Gorilla anfing. 30 Jahre später wird Trascho erfahren, dass Baltov den „Plunder" an sachkundige Matrosen für 50.000 US-Dollar verkauft hatte, und derjenige, der das Messer gefunden und für eine Flasche Schnaps verkauft hatte, Verantwortlicher des Bezirkskomitees der kommunistischen Partei für die 220 enteigneten Betriebe in der bulgarischen Stadt Gabrovo werden sollte, von denen nach 1990 nur 3 übrig geblieben sind.

1973

Die Fontänen der Prager Straße sprengten das Wasser in Millionen Tröpfchen, die lustig mit den Lichtern der Projektoren spielten. In Dresden gab es zu dieser Zeit eine Wahnsinnsmode: Die Mädels trugen eine Frisur, die „Bob" hieß, nach innen gewickelten Haaren bildeten einen „Heiligenschein" um das Gesicht. Wie auch immer sie den Kopf schüttelten, blieb die Frisur immer gleich. Sie kostete 20 Ostmark. Man musste 3 Monate warten, bis man einen Termin bekam. Das Volk schlenderte in fröhlicher Sorglosigkeit durch den lauen Dresdener Abend. In dem runden Kino sollte die „Stern-Combo Meißen" die „Vier Jahreszeiten" von Vivaldi spielen. Eine riesige Panoramaleinwand, auf welcher Naturschauspiele projiziert wurden, war aufgebaut worden und davor spielten die genialen Mitglieder der Rockgruppe wie junge Götter. Als Trascho hörte, dass sie nach Dresden kommen, kaufte er sofort 10 Tickets und verkaufte sie an dem Abend innerhalb von 5 Minuten für das 3-fache. Grischa konnte nicht aufhören, ihn zu bewundern. Grischa war einer der vielen gutaussehenden bulgarischen Studenten in Dresden. An dem Abend trug er Schuhe von „Leonardo" mit hohen Absätzen, die aus vielen bunten Lederstücken gemacht waren, dazu herrliche Schlaghosen mit großen Manschetten aus Merinowolle, die ihm göttlich standen und ein gelbes Trikothemd mit langen Kragenenden. Sein zweireihiger Blazer mit breitem Revers gehörte zu den ewigen Konstanten in der Mode.

„Auf dieser Prager Straße kann man verrückt werden!"

„So ist es", antwortete Grischa.

Ihren Blicken entging kein hübsches Mädchen um sie herum.

„Sag mal, Grischa, gibt es keine hässlichen Mädels in dieser Stadt?"

„Nein Trascho, die gibt es hier nicht, so ist es nun mal im Paradies."

Eine Stadt mit 6 Universitäten, die Mehrheit der Studenten waren Mädchen, 2 Monate Fasching... es ging von einem Faschingsball zum nächsten... für nichts blieb Zeit übrig... Diesen Sommer trug man kurze Pullover und so schrien die nackten Taillen dieser Feen eindeutig „... ich suche...suche..."

„Den Clou mit den Tickets muss man feiern!", sagte Trascho und zeigte mit seiner Hand zum Restaurant im

Hotel „Neva". Das Restaurant war modern eingerichtet mit Stühlen und Tischen im Stil Alvar Aalto. Trascho hatte Gespür für solche Sachen, letzten Endes hatte er sich für ein Architekturstudium an der Uni Dresden angemeldet. Hans warf Trascho sein breites Lächeln von der Bar aus zu. Trascho war ein Stammkunde, und zwar ein ziemlich großzügiger. Sonst war die Bedienung wie überall im Osten – orientiert an den beiden Grundklassen – den mit den Devisen, das heißt den mit dem vielen Geld, und den ohne Devisen. Letztere waren Persona non grata in allen von der Arbeiterklasse regierten Restaurants der Welt, von Dresden bis Wladiwostok. Der reale Sozialismus schaffte es mit deutscher Gründlichkeit, eine Klassenstruktur zu vernichten, um sie durch eine andere zu ersetzen. Trascho hatte aber längst begriffen, dass es keine Rolle spielte, in welchem System du lebst. Die Menschen funktionieren immer nach dem gleichen Prinzip, und wenn du ihnen in ihrer Misere etwas anbietest, wonach sie sich sehnen, bist du immer ein Gott. Grischa holte sein Cowboy-Feuerzeug heraus und stellte es auf eine Schachtel Zigaretten auf den Tisch. Hans eilte herbei, strahlte wie immer wie ein Honigkuchenpferd und sagte fast feierlich:

„Das Übliche zum Anfang?"
Das war entweder Whiskey Johnnie Walker oder Cognac aus Georgien. Manchmal hatten sie auch den großartigen bulgarischen Weinbrand Pliska.

„Herr Traschliev, wir haben heute Abend Fasan im Backofen!"

„Was Du nicht sagst, du Bastard, das nennt man gehobene Küche," begann Trascho auf Bulgarisch sein übliches Gebet der Bewunderung zu rezitieren. Grischa war zunächst verstört, beruhigte sich aber, als er merkte, dass niemand sonst im Restaurant Bulgarisch sprach.

Wie üblich wuchs der Lärmpegel im Restaurant mit den ankommenden Gästen und den klirrenden Getränkeflaschen. Was auch immer Trascho zu Grischa sagte, er ließ seinen Falkenblick nicht von den beiden Mädchen mit den übereinander geschlagenen, unendlich langen Beinen am Nebentisch ab. Eine von ihnen rauchte, ohne Raucherin zu sein, und hatte sich bereits eine Strategie für den Abend zurechtgelegt; die andere, offensichtlich eine Intellektuelle, redete und redete... „Oh Baby, was gibt es da so viel zu reden?", dachte Trascho.

Der Fasan war bereits serviert und duftete gewaltig. Hier und da schossen die Blicke der anderen Gäste auf die Freunde, schließlich isst man nicht jeden Abend Fasan. Maria, die Pianistin, begutachtete das Publikum und fügte die Melodie von „Summer Times" zum Getöse hinzu. Maria studierte am Konservatorium und verdiente sich durch das Spielen abends in den Bars von Dresden eine Mark dazu. Hans bewies ausnahmsweise, dass er als Kellner das Trinkgeld wert war, indem er aus irgendeiner Ecke einen Krimsekt hervorzog. Das Mädchen am Nebentisch schlug ein langes Bein über das andere, so dass Trascho einen Blick auf ihren Slip erhaschte und zu träumen begann. Aber der Krimsekt entführte ihn in eine andere Welt.

„Hey Grischa, ich habe davon getrunken, getrunken, kistenweise!"

Grischa sah ihn ungläubig an. Vergessen war das Mädchen auf der anderen Seite und wie in Trance begann Trascho zu erzählen.

„Bruder, ich bin nach Deutschland gekommen wegen dieses Sekts."

In diesem Moment näherte sich ein Mann, der wie ein riesiger Neandertaler aussah, dem Tisch.

„Hey du, was starrst du meinen Freund an?"

Trascho sah ihn an und wusste sofort Bescheid. Der Neandertaler saß tatsächlich mit einem anderen Mann am Tisch, und zufällig befand sich ihr Tisch auf der Linie zwischen Traschos Augen und den langen Beinen der heißen Braut. Der Neandertaler dachte, Trascho würde seinen Freund anmachen.

„Ach was, du Kretin, verpiss dich doch," sagte gelangweilt Trascho.

Der Lärm im Restaurant verstummte, Maria überlegte, ob sie weiterspielen sollte oder nicht. Trascho erkannte, dass er nicht ohne Kampf aus diesem Streit herauskommen würde.

„Na schön, wenn du darum bettelst, dann lass uns rausgehen. Aber erst, wenn ich zu Abend gegessen habe. Bis dahin lass mich in Ruhe."

„Einverstanden!", murmelte der Neandertaler, schenkte ihm so etwas wie ein Lächeln und ging mit langsamen Schritten auf seinen Freund zu. Eine Minute später deutete der Lärm im Restaurant auf eine Normalisierung der Stimmung hin. Grischa hatte nicht vergessen, „weswegen Trascho nach Deutschland gekommen war", und fuhr fort:

„So, so Trascholein, hast du eine Kiste, einen Waggon oder einen ganzen Zug Sekt getrunken?"

Trascho versank in seinen Erinnerungen an die jüngsten Ereignisse. Die Trennung von seiner ersten Frau in Bulgarien, seine Verzweiflung, die Reise in die DDR und die „Schnapsidee", wie die Deutschen sagen, in der DDR zu

bleiben. Nichts lockte ihn zurück nach Bulgarien. Er hatte
an der Baufachschule Deutsch gelernt, aber sein Deutsch
war nur mittelmäßig. Er erklärte einem Gastwirt, dass er
eine Arbeit suche, und Hinze erklärte sich bereit, ihm zu helfen. Er war in Ost-Berlin. Die Kneipe lag in der Nähe der
russischen Kaserne. Die Russen lebten in einem geschlosse-
nen Bereich und durften nicht nach draußen gehen. Das galt
nicht für die Offiziere, von denen einige in der Stadt lebten.
Viele von ihnen besuchten Hinzes Kneipe, weil Hinze es
immer schaffte, etwas zu finden, was die anderen nicht hatten, Whisky, Champagner … Bei ihm konnte man Schweizer Schokolade, Deodorant und generell alles kaufen, was
Hinze lieferte. Trascho hatte eine große Erfahrung als Kellner am Schwarzen Meer gesammelt, und Hinze schätzte sofort seine Stärken. Am zweiten Tag schon kamen sie mitei-
nander aus, ohne zu reden. Traschos Visum war bereits
abgelaufen, aber er war sich des Ausmaßes seines Verbre-
chens vor den „kommunistischen Behörden" noch nicht bewusst.

Eines Tages kam Hinze ungewöhnlich aufgeregt herein.

„Trascho komm! Setz dich hin! Jetzt hör mal zu! Ich
komme morgen in den Knast!"

„Was?", Trascho begann zu stottern.

„Hör zu und stelle keine Fragen. Hier ist ein Schlüssel
für dich aus der Titow Straße 25. Ich habe dort ein Lager mit
Wodka, Whisky und Champagner im Keller Nummer 36.
Hier sind die Schlüssel für die Kneipe. In sechs Monaten bin
ich frei. Mach hier die Arbeit, ich habe mich vergewissert,
dass du das kannst, und bring 2/3 von dem, was du verdienst,

zu meiner Familie - Straße zum Sozialismus 203, Hinze
Müller."

Trascho wusste, dass er nicht lange nachdenken musste.
Wie immer in solchen Situationen herrschten in seinem
Kopf Ordnung und Disziplin. Es war ihm klar, wie er vor-
gehen musste. Dies war die Varna-Schule.

Niemand auf der Welt trinkt so wie russische Offiziere. Für sie ist es ein alter skythischer Brauch, der schon
bei Herodot erwähnt wurde. Das Trinken ist ein religiöses
Ritual in Russland. Es gibt unendlich viele Witze, Lieder,
Gedichte, die in ihrer Gesamtheit einen perfekten religiösen
Gottesdienst bilden, der nur ein Ziel hat - die Erhöhung des
russischen Geistes bis an die Grenze des physischen Verder-
bens. Die russische Trunkenheit ist ein Seesturm mit hohen
Wellen pathetischer Lieder, mit lyrischen Abschweifungen
in Form von Gedichten von Puschkin, Tschechow, Lermon-
tow, Jassenin... mit nicht enden wollenden Tschastuschki
mit gepfefferten Versen... und das Beste, nun ja, wirklich
das Beste, waren diese endlosen alten urrussischen, mehr-
stimmigen Lieder, die einen in ein mythisches Land entfüh-
ren. Wenn er ihnen zuhörte, spürte Trascho, dass in seiner
Seele ein riesiges Loch für etwas klaffte, von dem er nicht
wusste, was es war. Seine Seele schlug um sich wie ein
Hund, der in einen Brunnen gefallen war, er war sich immer
noch nicht bewusst, dass die Natur ihm eine Intelligenz gegeben hatte, die nicht reichte, um zu erklären, wie eine Gesellschaft ihm den Vater wegnehmen konnte, seine intelli-
gente Mutter aufs Land und ihn ins Internat warf, und ... was
ihn anwiderte, dass er es immer auf die eine oder andere
Weise schaffte, mit Abschaum zu tun zu haben.

Doch damit war das Repertoire der Rituale der großen russischen Trunkenheit noch nicht erschöpft. Sie bekamen noch zwei weitere vernichtende Schläge von kolonisierten Kulturen verpasst - Zigeuner-Nomaden-Lieder und georgische Lieder. Von den Georgiern hatten sie sogar die Praxis übernommen, ihren eigenen Tamada zu wählen, den die Deutschen Zeremonienmeister nennen würden. Der Tamada war dafür verantwortlich, nicht ohne Trinksprüche zu trinken, und dass alle nach jedem Trinkspruch trinken mussten! Menschenskinder, dieses Ritual riss einem die Lunge raus, als wäre man ein angeketteter Prometheus! Die einzige Möglichkeit, am Leben zu bleiben, bestand darin, sich neben einen Blumentopf zu setzen, nicht den Anschein zu erwecken, etwas anderes zu tun und anders zu sein als alle anderen, und den Wodka geschickt in den nahegelegenen Topf zu kippen, ohne dass es jemand merkte. Die Blume stirbt, aber du bliebst am Leben.

Nach einem dieser Abende kehrte General Tscherepuschin um 3 Uhr morgens in das Gasthaus zurück, um seinen vergessenen Hut zu holen, und sah, dass Trascho am Tisch eingeschlafen war.

„Was machst du hier, junger Mann?"

„Ich schlafe."

„Warum schläfst du nicht zu Hause?"

„Weil es im Quartier kalt ist."

„Was?"

Der General war empört darüber, dass die Menschheit diesem ehrenwerten jungen Mann nicht die ihm gebührende Aufmerksamkeit schenkte.

„Wo wohnst du?"

Trascho wagte nicht, ihm zu sagen, dass er in der Kneipe wohnte und sagte so etwas wie Titow Straße 25.

„Heute um 8 Uhr auf dem Hof warten!"
Der Fahrer stützte den General und die beiden taumelten zum Auto.

Das Ereignis in der Titow Straße war spektakulär. Ein riesiger russischer SIL kämpfte sich in den Hinterhof und kippte 10 Tonnen Kohle aus. Trascho war in seinem Element. Innerhalb einer Stunde war die gesamte Kohle an die Bewohner des Blocks verkauft.

An diesem Tag waren viele Menschen glücklich. Der General, weil er einen „unserer Jungs" vor dem Erfrieren bewahrt hatte, die Bürger, weil sie keine Braunkohle, sondern Steinkohle bekamen, ohne sich vor einem Jahr bei den Behörden anmelden zu müssen, und Trascho, weil er Geld in der Tasche hatte, von dem er 5 Jahre lang leben konnte. 5 Jahre - so lange dauerte sein Studium. Dieser Gedanke spaltete ihn gedanklich und zeigte ihm, wie vergänglich das Glück der Menschen war und dass es im Kopf geboren wird und nicht anderswo. Und was war mit dem fehlenden Visum? Die Genossen hätten ihn, ohne mit der Wimper zu zucken, ins Gefängnis gesteckt.

Am nächsten Tag, als er die Wolga des Generals vor dem Gasthaus anfahren hörte, holte er sofort die Kiste „Krymskoje" heraus und trug sie zum Kofferraum. General Tscheremichow schmolz vor Zuneigung.

„Hey, der Junge ist ja dankbar! Trascho, was kann ich für dich tun?"
Trascho hatte bereits die halbe Stolichnaya herausgebracht und machte Bratkartoffeln mit Speck und Eiern. Die Deutschen nannten das ein „Bauernfrühstück". Der gebratene

Speck erfüllte die Kneipe mit einer Aura des Wohlstands und die eingelegten bulgarischen Gurken waren der Höhepunkt. Bei dem rustikalen Frühstück ließ Trascho seinen Reisepass auf dem Tisch liegen.

„Ich brauche ein Visum für 5 Jahre. Ich möchte in Dresden studieren."

„Was möchtest du studieren?"

Der Ton des Generals war erstaunlich diplomatisch, lauernd und forschend.

„Architektur."

Der General brach in Tränen aus. Trascho hatte schon bemerkt, dass die Russen leicht weinten. Nur in diesem Fall wusste er nicht, was in der Seele des Generals vor sich ging. Der Nachname der Familie des Generals war in alten Zeiten Kara-Mikhail gewesen, ein alter kasanischer Familienname. Er bedeutete Michael der Große. Sein Vater hatte ihn im Jahr 1920 in Tscheremichow geändert. In den 1920er Jahren setzte Stalin Ausschüsse ein, um die Identität der Nationen zu zerstören. Der Georgier Stalin glaubte, wenn es keine Nationen gäbe, gäbe es auch keine nationalen Probleme. Sie verbrannten alles, was sie finden konnten. Sie verschonten auch nicht die Familienchroniken der Kara-Michails, die immer reiche bulgarische Kaufleute gewesen waren. Von seinem Urgroßvater wusste er, dass sie Städte mit großartiger Architektur besaßen, Bulgar, Bilyar, Kazan, mit tiefen Wurzeln in Samara, Samarkand, Khorzem. Die Russen von Iwan dem Schrecklichen hatten alles niedergebrannt, die Menschen ausgerottet... und nicht nur das, auch nach 500 Jahren setzte sich diese geistige Zerstörung fort. Tief in seinem Inneren hielt Tscheremichow Hitler für den gemeinsten Menschen der Welt. Die so genannten Sowjetvölker waren

gegen die Russen, und wenn dieser Idiot nicht damit ange-
fangen hätte, alles Leben in der Sowjetunion vernichten zu
wollen, hätten die nicht-russischen Völker die alte Herrschaft für immer abgeschüttelt. Nur die Aussichten auf die
neue Herrschaft waren noch schrecklicher. Der Urgroßvater
von Tscheremichow ließ keine Gelegenheit aus, ihm von
den großen Kasanern Suvorov, Kutuzov zu erzählen,
„…und vergiss nie, warum sie in der Kazaner Kathedrale in
St. Petersburg begraben sind - weil sie Bulgaren waren."
Dies war der perfekte Anreiz, sich an der Militärakademie
einzuschreiben. Tscheremichow spottete manchmal über
sich selbst: „Seltsam, welcher intellektuelle Reichtum in be-
trunkenen Köpfen steckt".

„Harascho!", sagte der General, als er ging. „Du wirst
das Visum bekommen und ein guter Architekt werden, denn
die Bulgaren waren schon immer gute Baumeister. Und vergiss eines nicht! Die Geten bauten alle christlichen Kirchen
von Byzanz, dem späteren Konstantinopel, und nachdem sie
im 5. Jahrhundert den Balkan teilweise verließen und nach
Westeuropa gingen, schufen sie den gotischen Stil. Ihr größ-
ter Historiker, Jordanes, der die Geschichte der Geten
schrieb, nannte sie Goten. Die Katholiken vernichteten sie,
weil sie Arianer waren. Und jetzt gibt es im Westen gotische
Kirchen und keine Goten. In Bulgarien gibt es immer noch
die Namen Gotyu, Gotyo, Getyu, Gatyu, Geto, Gedo, usw."
Sie lächelten beide, aber irgendwie traurig. Trascho
dachte: „Wie kann er so viele Dinge wissen?" Der General
dachte: „Er ist aufgeweckt. Er wird es schaffen."

*

Der Fasan war erledigt. Der Krimsekt auch. Sie spürten beide nicht, wie die Zeit verging, als Trascho seinen Freunden diese Geschichte erzählte und sie mit den Worten beendete:

„Deshalb bin ich ja hier!"

Die langbeinige Schönheit hatte bereits einen anderen Interessenten an Land gezogen. Und Trascho hatte sie vergessen. Sie bezahlten, Hans verbeugte sich bis zum Boden und sie gingen.

Die Prager Straße brummte unaufhörlich, obwohl es schon 24 Uhr war. Es war ein warmer Abend. Sie gingen gut gelaunt raus - die Nacht war jung und Grischa wollte weiterziehen:

„Lasst uns in die Kakadu Bar gehen."

„Los!", erwiderte Trascho, und im nächsten Augenblick nahm er den Neandertaler wahr, der neben dem Eingang stand und auf ihn wartete.

„Den da hatte ich total vergessen."

Trascho mobilisierte sofort jeden Nerv in sich. Die Worte seiner Großmutter klangen in seinen Ohren: „Ist er stärker als du, läufst du weg entweder so schnell wie du kannst oder du knallst ihm mit einer starken Faust ins Gesicht - und läufst dann weg so schnell, wie du kannst." Es blieb keine Zeit zum Reden. Trascho versetzte einen so unerwarteten Schlag auf den Unterkiefer des Neandertalers, dass der Neandertaler einfach zusammenbrach und sich mit seiner 2 Metern Größe auf dem Pflaster zusammenrollte. Grischa war ein feiner Mensch und hasste jede Form von Gewalt. Die Situation schockierte ihn, aber am meisten überraschte ihn der scheinbar so sanftmütige Trascho.

„Verdammte Scheiße, du Idiot, ich fühle meine Hand nicht mehr von dem Schlag."

Die beiden lachten laut und stürzten sich in die einfahrende Straßenbahn, um in die berühmte Kakadu-Bar zu gehen. Gegen drei Uhr morgens stiegen sie am Hauptbahnhof aus derselben Straßenbahn aus und waren gerade auf dem Weg zum Studentenwohnheim in der Gagarinstraße, als jemand rief:

„Da ist er, da ist er, das ist er!"

„Dreckiger Bastard, ich hätte dich vor dem „Neva" fertig machen müssen.", dachte Trascho.

Zwei Polizisten packten Trascho und wandten sich dem schreienden Mann zu.

„Ist das derjenige?"

Es war der Neandertaler mit einem Verband am Kiefer.

„Genosse, Sie sind verhaftet wegen mittelschwerer Körperverletzung an..."

„Was? Was für eine mittlere Körperverletzung? Ich habe ihm nur eine verpasst. Dafür, dass er mich als homosexuell bezeichnet hat und mich vor einer Menschenmenge beleidigt hat."

„Das Ausschlagen von zwei Zähnen ist ein irreversibler Schaden am Körper und gilt als mittlere Körperverletzung."

Trascho drehte sich instinktiv zu Grischa um und rief ihm zu:

„Geh morgen zu Vielhauer. Erzähle ihm alles, und sag ihm, dass ich ihn um Hilfe bitte."

Sie schoben Trascho in die Wartburg der Polizei und Grischa taumelte niedergeschlagen zur Gagarinstraße 12. Dort befanden sich die Wohnheime der ausländischen Studenten. Eine ideale Lage zwischen dem Hauptbahnhof und der Universität. Ideal, weil die Mitropa, das war eine Kette von Restaurants entlang der Bahnhöfe, 24 Stunden geöffnet hatte und man immer eine Soljanka und ein Brötchen für 50 Pfennig essen konnte.

Am Eingang des Wohnheims stand Cerberus - eine alte, verfluchte Jungfer, die nur Bewohner hereinließ. Jeder musste einen Ausweis vorzeigen, um durchgelassen zu werden. Als Grischa an Cerberus vorbeiging, bemerkte er, dass Zarko, ein anderer Bulgare, ihr 5 Mark in die Hand drückte, damit er mit einem hübschen deutschen Mädchen mit langen blonden Haaren bis zur Taille passieren konnte. Zarko hat wieder seine Schäfchen im Trockenen, ging es ihm durch den Kopf, und ich beschäftige mich mit Blödsinn und noch dazu habe ich keine Lust zum Schlafen. Der Fahrstuhl brachte ihn in die oberste Etage, wo die größte Disco Dresdens entstand, aber die Menge hatte sich zerstreut und nur zwei reiche Afrikaner, die für die neueste Musik nach West-Berlin fuhren, ordneten ihre Platten.

Dann... blieb nur Bridge. Bridge war der aristokratische Zeitvertreib der bulgarischen Studenten. Es wurde eher von Postgraduierten und von der gehobeneren Elite gespielt. Kate organisierte immer Spiele, und es wurde bis zum Morgengrauen gespielt. Auf dem Weg zu Kates Zimmer bemerkte Grischa, dass die Tür seiner Kommilitonin Iskra leicht geöffnet war und die Lampe leuchtete.

„Hallo, Iskra!"

„Oh Grischa, komm herein."

Iskra mochte ihn sehr, aber Grischa war so cool, dass er für sie unerreichbar schien. Sie war nicht die erste Schönheit, und außerdem machte sie sich Sorgen, eine Brille mit starken Dioptrien zu tragen. Ihre Wangen waren vor Aufregung gerötet und sie wusste nicht viel zu sagen. Aber das war nicht nötig, denn Grischa schritt sofort zur Tat. Zuerst liebten sie sich aufrecht, mit dem Rücken an den Schrank gelehnt und mit dem Slip an, und dann gingen sie zum unteren Bett des Etagenbetts. Diesmal ohne Slip... Grischa war etwas besorgt, dass ihre Mitbewohnerin jeden Moment hereinspazieren könnte, aber auch nicht zu sehr. Am Ende dieses ereignisreichen Tages, der so herrlich langsam zu Ende ging, zündete er sich eine Zigarette an, obwohl ihm nicht wirklich nach Rauchen zumute war, aber das war nun mal das Ritual. Iskra genoss es, sich neben ihm zusammenzurollen und konnte ihr Glück kaum fassen. Es war auch nicht zu fassen. Danach, in all der Zeit während des Studiums, starrte sie ihn hoffnungsvoll an, aber für Grischa war es ein zufälliges Verlangen nach ihr, das er nicht einmal zu analysieren versuchte.

Als er in sein Zimmer zurückkehrte, stellte er die Uhr, er musste am nächsten Morgen zu Vielhauer gehen. Der Wecker läutete und mit ein paar Stunden Schlaf machte er sich auf den Weg zur Ausländerbehörde im Merkel-Bau. Vielhauer war ein ehemaliger Oberst. Er hatte Glück, dass er in Russland zu früh verwundet worden war, so dass er seine Haut rettete. Er hinkte stark mit einem Bein. Grischa erzählte ihm von dem Vorfall und gab Traschos Bitte weiter.

„Wie, Schwule in Dresden? Ich dachte, dass es das schon nicht mehr gibt", und fing an zu sagen, dass Hitler sich doch darum gekümmert habe, verkniff es sich aber, denn die Zeiten waren ja jetzt anders... Trascho war ja ein prima Kerl, aber dieser gutaussehende Mann, der vor ihm stand - wer weiß, wie der so drauf war. Trascho konnte man nicht vergessen, denn dieser Bulgare brachte ihm, als er sich vorstellte, ein Päckchen Kaffee aus dem Corecom mit. Ein Päckchen Jacobs, ein Vermögen wert. Das war der große Trick von Trascho. Wo immer man viele Geschenke verteilt, sammelt man Freunde, die man immer gebrauchen kann, Gott weiß wofür. Für Vielhauer war der Fall klar.

„Was denken sich diese perversen Typen? Sie beleidigen einen jungen Mann vor so vielen Leuten, dass er schwul sei, dass er den Freund eines Perversen beäugt habe. Es ist also eine Frage der Ehre, sich zu verteidigen. Er hat nicht nur seine eigene Ehre verteidigt, sondern sogar die Ehre der Fakultät, der Universität. Ich werde mit dem Dekan sprechen, mal sehen, was sich machen lässt."

Der Kopf von Grischa war im Begriff zu platzen und er war so müde, dass er überlegte, ob er um 10 Uhr zur Vorlesung gehen oder schwänzen sollte. Ansonsten war er diszipliniert, unendlich höflich und galant. Das brachte ihm Sympathien ein.

„Auf Wiedersehen, Herr Vielhauer."

Auf dem Weg nach draußen fiel ihm auf, wie hoch die Tür und überhaupt die Einrichtung in diesem Raum war. Dieses Gebäude war nicht durch den Krieg zerstört worden, dachte er, und taumelte um 10 Uhr zum Hörsaal.

Eine Woche später, am späten Nachmittag, tauchte Trascho vor seiner Tür in der Gagarin Straße 12 auf.

„Grischa, mein Bruder, vielen Dank, du hast mich gerettet!"

„Sag mir, Trascho, was ist passiert?"

„Diese Drecksäcke haben mich verurteilt. Kannst du dir vorstellen, 1,5 Jahre. Wegen mittelschwerer Körperverletzung an dieser Schwuchtel."

„Und was machst du hier, wenn du verurteilt worden bist?"

„Auf Bewährung, Bruder, auf Bewährung. Der Dekan war überzeugend als er sagte: „Herr Traschliev ist ein begabter und sehr fähiger Student. Versetzen Sie sich in seine Lage und verstehen Sie ihn. Wie steht er da, wenn er von einem lüsternen Typen vor all den Leuten beschimpft und beleidigt wird, ohne zu reagieren. Unserer Meinung nach hat er die Ehre der Fakultät verteidigt, und wir bitten um Nachsicht." Heute Morgen brachten sie mich zu einem Richter und zwei Geschworenen. Der Neandertaler erzählte ihnen die Geschichte, sie brachen in Gelächter aus ... dann sagte ich, was ich sagte. Der Richter bemühte sich, eine ernste Miene aufzusetzen, und warnte mich zum Wohle des Volkes, dass in der neuen Gesellschaft, die wir anstreben, körperliche Selbstjustiz verboten sei und dass er mich das nächste Mal ins Gefängnis stecken werde, wenn ich vor ihm erscheinen sollte. Schließlich sagte er mir, ich solle den Dekan der Fakultät für Architektur grüßen und ihm dafür danken, dass er sich für mich eingesetzt habe. Bruder, mir standen die Haare zu Berge. Diese Deutschen haben ihre Mutter gefickt und hauen jeden in die Pfanne. Deshalb mag man sie nicht. Was ist das für ein Chaos hier? Ist was Neues passiert in meiner Abwesenheit?"

„Ach was, nichts, ... heute Abend feiert die bulgarische Studentenverbindung ein Faschingsfest im Bärenzwinger. Dann müssen wir eben deine Freilassung feiern."

„Grischa, hör zu, je weniger Leute von dieser Sache erfahren, desto besser. Lass uns also nur unsere eigene Großartigkeit feiern, aber sonst nichts."

Der Bärenzwinger oder Bärenkäfig befand sich hinter den Brühlschen Terrassen, in der Nähe der Elbe. Es handelte sich um eine Höhle mit einer Öffnung zu einer riesigen Grube, die man von oben, von der Ebene der Terrassen aus, betrachten konnte. Er war nach dem Krieg erhalten geblieben und wurde nun von der findigen Studentenschaft als prächtige Hütte für Gelage der deutschen Art genutzt: Man trinkt Bier, danach Schnaps und wieder Bier. Die Beilage ist Schwarzbrot mit Schmalz bestrichen. Schmalz - aber was für einer! Geschmolzen mit Äpfeln, Zwiebeln und Gewürzen. Profan, aber sehr lecker. Um 19 Uhr war die Höhle voll. Die Diskothek machte Joto. Er hatte es mit Fasten und Beten versucht, um für ein Tesla-Tonbandgerät und Ausrüstung zu sparen... und... er hatte es geschafft. Trascho sah ihn an und dachte, „Der hier würde zerbrechen, wenn der Wind ihn umwehte", und „Junge, geh und verdiene Geld mit Arbeit, mit Verstand, nicht mit Selbstmord." Es war voll. Es gab keinen Platz, wo man sich setzen konnte.

„Trascho, komm her!", rief jemand über die Musik hinweg, die Menge drängelte und Trascho setzte sich neben Judy. Er hatte sie schon einmal gesehen, sie waren in derselben Fakultät, und jedes Mal, so cool, wie er war, fühlte er ein gewisses Unbehagen in ihrer Gegenwart. „Everybody dance Kungfu fighting", schallte es durch die Höhle, und die Menge tanzte diesen seltsamen Tanz, dessen Wesen das Aufeinanderprallen der Gesäßbacken oder die Rundungen der Partner waren. An diesem Tag war es spannend, denn die Schwäne waren aus dem Zwingersgraben verschwunden. Unbekannt warum, durchsuchte die Polizei auch den Müll der Studentenwohnheime in der Gagarinstraße und fand die Federn.

„Hey, Trascho, isst du Schwäne?", sagte jemand unter lautem Gelächter.

„Ach du Bastard, ich bin kein Hühnerdieb, ich esse ordentliches Huhn, wie z.B. Fasan im „Neva", aber mit Kultur und Weißwein. Das sind nur diese hühnerfressenden Vietnamesen, diese Asiaten essen alles, wirklich alles! Jetzt sind sie im Krieg, sie haben kein Geld und kein Wunder, dass sie dem Kulturpublikum in Dresden diesen Streich gespielt haben. Aber man muss ihnen verzeihen. Ich weiß nicht, ob Du es bemerkt hast, aber sie wissen nicht einmal, was Sex ist, sie gehen nicht mal in Discos."

„Das stimmt echt. Einer erzählte mir, dass ihnen solange der Krieg andauert von der Botschaft verboten wurde, Sex zu haben. Ich erkläre ihm, dass einvernehmliches Ficken dazu beiträgt, den Geist der Gesellschaft zu erheben, aber er glotzte mich nur blöd an..."

Judy hatte eine unglaublich weiße und weiche Haut, wie Samt, so etwas hatte er noch nie gesehen. Sie gab sich intellektuell, aber wenn man sich zwei Mal offen mit ihr unterhielt, wusste man, dass sie bodenständiger war als all die arschkriecherischen Leute im Zwinger. Sie hatte etwas Geheimnisvolles und Heimliches an sich. Oft sprach sie, ohne ihre Sätze zu beenden, und verließ sich auf die Intelligenz ihres Gesprächspartners, um verstanden zu werden, daher war sie manchmal enttäuscht von ihrem Gegenüber. Die bulgarischen Studenten hatten bei ihrer Verkleidung improvisiert... alles war bunt und fröhlich... Irgendwann kündigte Emo an, dass er einen Wettbewerb ausrief für das schönste Mädchen. Dies war eine große Herausforderung für Traschos Organisationstalent. Mit seinem ihm angeborenen Charme fing er sofort an, die Leute an seinem Tisch zu umwerben, für Judy zu stimmen, und dann machte er das gleiche mit den Nachbartischen... und oh Wunder ... während jeder einzelne für das Mädchen stimmte, das er oder sie mochte - und die bulgarischen Studentinnen waren atemberaubende Schönheiten, so viele schöne Mädchen auf einem Haufen – waren auf Judy die Stimmen von mehreren Tischen versammelte. Trascho war mit dieser Nummer schmerzlich vertraut - 5 Organisierte haben größere Durchschlagskraft als 100 Unorganisierte. Also bekam Judy den Preis, eine Flasche Krimskoje, Trascho sammelte so viele Pluspunkte, dass seine Sache heute Abend sicher war. Steftscho hielt den großen Moment fest, als beide mit je einem Strohhalm aus demselben Glas tranken.

Auf dem Rückweg kamen sie an der Kreuzkirche, dem Rundkino und der Prager Straße vorbei. Neben dem Mülleimer beim Supermarkt hatte jemand eine Plastikflasche mit Flüssigseife weggeworfen. Trascho schüttete sie sofort in die Springbrunnen und das zweite Wunder des Abends geschah. Die Pumpen der Springbrunnen drehten das Wasser immer wieder um, und so verwandelte sich der gesamte Springbrunnen im Handumdrehen in Schaum, der sich auf der Straße verteilte. Alle spielten mit dem Schaum. Die Stimmung war großartig. Judy glücklich, Trascho doppelt glücklich, und die Nacht schien gerade erst zu beginnen...

Am nächsten Tag dachten die Dresdner, dass die Stadtverwaltung diesen Streich zur allgemeinen Freude der Bürger organisiert hatte. Der auf den Straßen verteilte Schaum brach die Sonnenstrahlen in unendlichen und wundersamen Farben. Nur zwei Polizisten liefen herum und suchten nach dem Schuldigen, aber ich glaube, auch sie hatten ihren Spaß.

Die Prinzessin von der französischen Legion

Der Morgen

Der Frühlingsmorgen explodierte in all seiner Frische, als sie aus dem Haus herauskam. Velitschka fuhr ein rotes Kabrio. Einen Alfa Romeo. Sie parkte wie immer in einer Querstraße zu der Kaiserstraße. Dort besaß sie einen kleinen Chemiereinigungsladen. Der Tag war vibrierend schön. Sie steckte den Schlüssel in das Schlüsselloch. Blitzschnell ergriff sie eine Welle der totalen Mobilisation des ganzen Körpers. Das Gefühl war ihr schmerzlich bekannt. Die Tür war offen. Ein Kerl versuchte sich an ihrer Kasse. Er sah sie an und in seiner Verzweiflung zog er ein Messer.

„Mein Gott, ist der blöd.", dachte Velitschka.
Der Kerl bemerkte überhaupt nicht den leisen Katzensprung und den Griff der beiden Hände von Velitschka. Die acht kräftigen Finger drückten schon die Venen und Nerven an der Innenseite seines Handgelenks. Die zwei Daumenfinger drückten die andere Seite. Seine Hand wurde weich und er auch. Er bückte sich nach hinten und war gerade in Begriff, sich auf den Boden zu strecken, als das Schlimmste an diesem Morgen passierte. Er bekam einen Tritt in die Eier... aber was für einen. Er war schneller auf dem Boden als seine

Klinge. „Raus hier... aber wie?" war das Einzige, woran er dachte. Irgendwie schaffte er es aus der Tür. Mit einer Fußballpirouette schickte ihm Velitschka das Messer hinterher. Das Messer folgte ihm auf die Straße zusammen mit dem kräftigen Lachen von Velitschka.

„Mein Gott, ist der blöd."

„Warum, meine Dame?", fragte Frau von Winterfelden. Sie besaß das Haus nebenan. Sie kam gerade aus dem Bäckerladen heraus und beobachtete durch das Schaufenster die ganze Szene.

„Weil er nicht weiß, dass alle Besitzer von kleinen Läden in der Gegend abends das Geld in die Sparkasse deponieren."

Sie könnte nicht aufhören zu lachen.

„Sie müssen die Polizei anrufen, meine Liebe".

Frau von Winterfelden hat immer alles rechtens gemacht. Sie war es so gewohnt.

„Aber, wenn ich den gefangen hätte, die Polizei angerufen hätte, dann hätte er vielleicht eine kleine Strafe bekommen, und das wäre ungerecht gewesen. Das ist doch sein erster ... und, wie ich glaube, sein letzter Raubversuch. Die Eier werden ihm noch eine Woche brennen. Nein, so ein Geschenk hätte er bestimmt nicht von der Polizei bekommen."

Frau von Winterfelden war von ihrem Lachen angesteckt. Sie bewunderte diese Bulgarin, die ein gebrochenes Deutsch mit sehr sympathischem französischem Akzent sprach. Wie oft im Leben wollte sie so wie Velitschka sein. Sie schüttelte den Kopf und kam heraus. „Nein, ich würde in dem Fall auch nicht die Polizei anrufen...". Sie war 76. Jahre alt. Sie

brach zum ersten Mal mit ihren Prinzipien. So gab es heute
Morgen zwei Freidenker auf der Kaiserstraße.

Dieter

Wenn der Kerl gewusst hätte, dass Velitschka vier Jahre in
der französischen Fremdenlegion verbracht hatte, hätte er
die Woche bestimmt normal laufen können. In Deutschland
war sie als Soldatin der französischen Besatzung gelandet.
Sie war in Baden-Baden stationiert. Es ist schon eine Weile
her, als sie eines Samstagabends mit ihren Kolleginnen ins
Kasino ging. Sie wusste sich schick anzuziehen. Sie trug einen roten, glitzernden Rock. Ihren schönen Hals um-
schwang ein Diamantencollier. Ein Geschenk von ihrer
Mutter, die in Nizza lebte. Der Rock zeigte viel, aber nicht
genügend wie Dieter bemerkte. Dieter war mit Geschäfts-
freunden da. Sie hatten einen Kunden verwöhnen wollen
und das Kasino in Baden-Baden war wohl das Passende
dazu. Er hörte, wie sie Französisch mit ihren Freundinnen
plauderte, und das machte ihn noch neugieriger. Sie sah
herrlich aus! Wie eine Skulptur von Fidius mit dem Unter-
schied, dass in ihren Augen ein unbeständiger Funke ständig
flimmerte. Es war verrückt, die Kollegen sprachen mit ihm,
er antwortete richtig, aber er war nicht da. Unbeständig...
Das war das Gegenteil von dem, was er bisher in seinem
Leben empfunden hatte. Das aristokratische Haus in Tübin-
gen, die Familie, das Jurastudium, der Aufstieg zum Ge-
schäftsführer in einer Zweigstelle von Sulzer, die Fünf-Kin-
der-Tradition in der Familie... Beständigkeit... Nichts
Unüberlegtes tun. Als er Marina geheiratet hat, trank sie

kaum. Seit einiger Zeit merkte er, dass sie immer öfter und öfter betrunken war. Das störte ihn ungemein, da er sie so sehr liebte. Die Gespräche mit befreundeten Ärzten hatten nichts gebracht. An Geld scheiterte sein Glück nie. Seine Familie wusste immer, wie man an Geld herankam. Das hatten sie im Blut. Er hatte auch das Gefühl, dass er nichts Besonderes vollbracht hatte, hatte aber immer Erfolg. Sein Vater hatte wiederholt gesagt:

„Noch wichtiger, als richtig zu sprechen, ist richtig zu schweigen."
Vielleicht war es das, der Schlüssel zum Erfolg. Wie ein Schmetterling zum Feuer fühlte er sich angezogen zu dem schönen Wesen im roten Kleid. Die Klaviermusik war besonders heute Abend. Eine Pianistin aus Bulgarien gastierte. Diese Ostblockkünstler hatten ein verschwenderisches Talent. Eigentlich hatte er nichts gegen Ausländer, aber falls wie ab und an eine Bewerbung von einem Ausländer auf seinem Schreibtisch landete, hatte er sie immer abgelehnt. Gegen das virtuose, fast klanglose Final der Mondscheinsonate, gespielt von der Bulgarin, hatte er allerdings nichts. Er wusste nicht, dass Velitschka auch Bulgarin ist, aber das erfuhr er ganz schnell, als er auf der Tanzfläche mit ihr war.

Am nächsten Tag wollten sie mit den Kunden nach Mailand fliegen. Die Tickets für Nabucco waren längst da und einer aus der Gruppe konnte nicht mitfliegen. Wie es dazu kam, dass er Velitschka eingeladen hat, wusste er nicht mehr. War es der Alkohol? Nein, sie hatten nicht viel getrunken.

Und wiederum passierte es, die Bulgarin Raina Kabaivanska spielte die Hauptrolle in der Scala. Eine prachtvolle weiche und zugleich erschütternde Stimme. Geweint haben

sie alle. Als er nach der Vorstellung Velitschka in den Pelzmantel half, schlüpfte sie hinein wie ein Panther in seine eigene Haut. So viel Beweglichkeit und Energie! Er umarmte
sie und dachte „...das war's, ich will sie nie mehr loslassen."

Der Königshof

Leutnant Nedyu Maximov war Adjutant des bulgarischen
Königs Boris. König Boris hatte einen kleinen Hof, aber an
ihm passierte nichts anderes als an anderen Königshäusern
in Europa. Sein Vater, Ferdinand von Coburg, Sachsen und
Gotha hatte dafür gesorgt, vieles aus Deutschland in Bulgarien einzuführen, indem er zuerst das deutsche Zivilprozess-
recht in die Gerichte und das Bier in die Kneipen einführte.
Königin Viktoria war die Tante seines Vaters. Boris' Frau
war eine italienische Prinzessin. Empfänge und Bälle zu
verschiedenen Anlässen zogen die junge bulgarische Aris-
tokratie an den Hof. Insbesondere die Töchter aus wohlhabenden Häusern sollten sich dort öfters zeigen, um eine gute
Partie für die Hochzeit zu finden.

Velitschkas Mutter, Antonia, wurde in Tarnowo geboren. Ihr Vater war ein reicher Mann, ein Tchorbadjia, wie
die Bulgaren sagten. Die Tchorbadjias hatten verschiede
Dienste für die türkische Besatzungsmacht zu erfüllen, dazu
gehörte die Ernährung der in Bulgarien stationierten türkischen Soldaten. Um dies zu garantieren, hatte der Sultan
ihm viele Rechte zugesprochen - darunter, eigene Gebiete
zu bewirtschaften. So entstand eine reiche Schicht von Bulgaren während der türkischen Besatzung. Als das Land von
den Russen befreit wurde, schossen die wunderschönen

Häuser in Sofia, Russe, Plovdiv und anderen Städten Bulgariens wie Pilze aus dem Boden. Der Vater von Antonia hatte alles, Ländereien, Mühlen, Gaststätten, sogar das erste Elektrizitätskraftwerk in Bulgarien hatte er in der Nähe von Tarnowo errichtet. Was er nicht hatte, war Prestige am Hof. Und das wollte er haben. Wie alle seiner Vorväter war er sehr schnell im Handeln. Das Haus in Sofia wurde schnell errichtet, und seine Frau führte Antonia in den Hof ein. Und dann passierte das Schlimmste. Anstatt sich in einen reichen Jungen zu verlieben, wie es sich gehört, hat sich dieses kleine Luder Hals über Kopf in Leutnant Maximov verliebt. Nedyu war der Inbegriff des Handelns. Er überlegte nie. Er handelte instinktiv und fast immer richtig. Man könnte sagen, er sei ein Abenteurer, wenn er nicht so intelligent wäre. Er blieb nie sehr lange auf einer Strecke. Alles musste schnell gehen und sich schnell verändern. Boris hatte er während des Ersten Weltkrieges kennengelernt. Der war damals 16 Jahre alt. 1919 hatte Bulgarien auch diesen Jahrgang im Krieg schicken müssen, da plötzlich alle Nachbarn Bulgariens sich auf sie stürzten. Der Vater von König Boris hat den jungen Prinzen in den Krieg geschickt, damit er das gelernte von Clausewitz „Die Kunst des Krieges" in die Praxis umsetzt. Das Ergebnis war katastrophal. König Ferdinand musste sich nach dem Kriegsverlust von der Macht zurückziehen, und sein Nachfolger, der junge König Boris, schwor, nie mehr Bulgarien in den Krieg zu führen. Das hat ihn das Leben gekostet. Hitler wollte die bulgarischen Verbündeten an die Ostfront schicken. Das ging aber nicht, da kein Bulgare gegen die Russen kämpfen wollte. Das Gefühl der Dankbarkeit wegen der Befreiung von den Türken war zu groß. Dabei wussten die meisten Bulgaren nicht so genau, dass die Russen aus Eigennutz handelten. Der russische Zar wollte die Dardanellen kontrollieren, aber nach 40.000 Gefallenen im Krieg waren die Verluste so groß, dass Russland sich zurückziehen musste, und Bulgarien wurde in die Freiheit entlassen. Manchmal haben kleine Völker auch Glück.

Die Liebe von Antonia war fruchtbar. Bald war sie schwanger. Nedyu war aber längs mit seiner nächsten Geliebten beschäftigt, so dass der Vater von Antonia ein Problem hatte. Als gläubiger Christ konnte er sich nicht vorstellen, dass Antonias Kind ohne Vater auf die Welt kommen könnte. Wie immer hatte er eine Lösung gefunden. Er hatte einen jungen Pfarrer am Hof mit einer anständigen Summe überzeugen können, Antonia zu heiraten. Es fiel dem Pfarrer nicht sehr schwer, eine junge, reiche und sehr schöne Frau zu heiraten. Und das Kind, na ja ... ein Gotteswesen ... so Gott wollte, würden sie auch weitere bekommen.

Der Krieg

Bulgarien war Deutschlands Verbündete im Zweiten Weltkrieg. Als die Sowjetarmee an der Donau stand, mussten viele reiche Bulgaren fliehen, da Stalin überhaupt kein Zweifel daran ließ, welche Ordnung nach der Besatzung in Bulgarien herrschen würde. Das war übrigens schon längst in Jalta von den Engländern und den Amerikanern abgesegnet. Der König war schon im Jahr 1943 von Hitler ermordet worden, so denken zumindest immer noch die meisten Bulgaren. Eine seiner Schwestern war auch im Konzentrationslager verschwunden. Das Land wurde von drei Regenten regiert, da der Sohn von Boris, Simeon, minderjährig war. Die Königsfamilie blieb. Es dauerte aber nicht lange, und es wurde ein Plebiszit von den Kommunisten, die neue Kraft in Bulgarien, arrangiert. Da stimmten die Bulgaren „in freier Wahl" für eine Republik. Die Königsfamilie durfte das Land verlassen. Das war ein ziemliches Wunder, wenn man bedenkt, was Lenin mit den 18 russischen Mitgliedern der Königsfamilie gemacht hatte. So lud die Familie einen Zug mit ihren wertvollsten Gegenständen auf und fuhr in die Türkei. Der Lokführer stoppte die Maschine vor der Grenze. Er wollte unter keinen Umständen derjenige sein, der den König „vertrieb". Er hatte Angst, in seinem Dorf könnte er gesteinigt werden. Schließlich liebten die meisten Bulgaren den kleinen Boris. Als er geboren wurde, gingen alle Schüler mit einer Note höher in die nächste Klasse über. Danach ging er nach Franko's Spanien. Der Priester und Antonia fanden Nizza wunderbar. Es bot sich die Gelegenheit, Gott in der orthodoxen Kirche in Nizza zu dienen. Als Dankbarkeit für die Treue haben auch ein paar Familien im Ausland eine Unterstützung von der Königsfamilie bekommen.

Das Kind kam in Frankreich zur Welt. Ein Mädchen. Sie gaben ihr den Namen Velitschka. „Velik" heißt auf Bulgarisch „großartig". Je erwachsener das Kind wurde, desto mehr war die Ähnlichkeit mit Leutnant Maximov zu sehen. Es war nicht nur die Schönheit und die physische Beweglichkeit. Es war mehr der Charakter, der wie ein Feuer loderte von einer Herausforderung zur Nächsten. Der Priester bemühte sich mit allem, ein guter Vater zu sein, und das war er auch. Aber irgendwann, setzte die Entfremdung ein, und Antonia trennte sich von ihm. Er wollte es wirklich nicht.

Die Küche

Die Männer hielten sich in der Küche auf. Dieter hatte eine Flasche Primitivo aufgemacht und bewunderte die Künste von Nikolay. Der Schweinenacken wurde vorher mit viel Paprika, Salz und Pfeffer eingerieben und dann wurde das Olivenöl mit den Fingern so eingetippt, dass dies später eine fantastische Kruste ergab. Die beiden Männer waren neugierig aufeinander. Nikolay hatte eine Angewohnheit, vom Beruf seines Gesprächspartners alles wissen zu wollen und hatte hunderte von Fragen. Zwischendurch hatte er die Zwiebeln geschält, die Möhren sauber gemacht, all die Stiele der Petersilie fein zerhackt. Er kochte mit einer Leichtigkeit wie seine Mutter. Das war keine Arbeit, sondern einfach ein erfreulicher Teil des täglichen Lebens. Der Sulzer Manager bewunderte es – er konnte sich nicht mehr erinnern, wann er in der Küche war. Was ihn interessierte war, warum Siemens einen Ausländer wie den da beschäftigt? Was ist so Besonderes an ihm, was man auf den deutschen Arbeitsmarkt nicht auch kriegen kann? Velitschka kam kurz vorbei, wollte sich überzeugen, dass die Männer nicht das Fleisch anbrannten. Sie zeigte Nikolay, wo die Nüsse und die Mandeln sind und verschwand. Das Fleisch war fast fertig, da kamen die Pilze rein. Nachdem ihre Flüssigkeit weg war, kamen die Zucchini, die Auberginen und all das Gemüse, das Nikolay unbemerkt vorbereitet hat. Die Flasche war fast leer, als sie in den Speisezimmer kamen und die Decke des Gusseisentopfes aufmachten. Der Kristallleuchter verschwand im duftenden Dampf, alle schrien vor Entzücken auf, …

Sonja, Nikolays Ehefrau, plauderte mit Velitschka über die politischen Veränderungen in Bulgarien nach 1990. Velitschka seufze und sagte:

„Ich will so sehr nach Bulgarien. Aber ich habe Angst, dort verhaftet zu werden."

„Warum denn", fragte Nikolay, „es kommen Millionen von Touristen in das Land."

„Ich war schon mal im Knast in Bulgarien." Dieter schaute sie ungläubig an.

Die Flucht

„Ja, im Jahr 1969 kam ich auch als Touristin nach Bulgarien. Ich habe nicht aufgepasst, dass mein Visum nur für 30 Tage galt. Ich versuchte, die Grenze am 31. Tag zu überqueren, und da passierte es. Zwei Offiziere mit sauren Gesichtern, als hätten sie nie Sex oder was Erfreuliches im Leben gehabt, haben mich an den Händen gepackt, bevor ich mich entsinnen konnte, und in ein kaltes Zimmer gesteckt. Dann ist mir plötzlich bewusst geworden, dass Bulgarien ein kommunistisches Land war, mit ziemlich rauen Sitten gegen die „Kapitalisten". Draußen hörte ich die Polizisten schreien. Da waren Busse mit Touristen nach Ungarn. Irgendein bulgarisches Mütterchen hat 5 Lewa versteckt, und das war eine Katastrophe für alle samt dem Fahrer. Gepäck raus, alles aufmachen, ein Brief sollte in die Fabrik geschickt werden, um zu verkünden „wie unehrlich die Frau war". Das beschäftigte die Kerle, bis es dunkel wurde. Dann hatten sie eine Flasche Sliwowitz, die nicht deklariert wurde, konfisziert und Velitschka vergessen. Im Zimmer gab es ein kleines Fenster, das ziemlich hoch an der Wand war. Das Fenster konnte man aufmachen. Na, so was? Wie eine geräuschlose Schlange zog sie sich durch das Fenster. Erst am nächsten Tag, erinnerten sich die Besoffenen, dass sich im Zimmer noch eine Verdächtige befand. Peinlich, peinlich. Sollte man es nicht berichten? Dann beschlossen sie, es doch zu berichten. Die Alternative hätte man als kriminelle Handlung interpretiert. Schließlich waren die Zollpolizisten nur korrupt, aber nicht dumm."

Die Männer am Tisch hörten aufmerksam zu, nippten an dem guten Rotwein. Sonja glaubte die Story immer weniger.

In der Zeit hatte Bulgarien eine mächtige Flotte von Lastkraftwagen unterhalten, um Güter zwischen Hamburg und Irak und Iran zu transportieren. Hauptsächlich Waffen. Auf der Straße von Jugoslawien in die Türkei floss eine Welle von Lastwagen. Velitschka nahm den ersten, und nach drei Stunden war sie in der Nähe der türkischen Grenze. Zum Glück hatte sie ihre kleine Handtasche mit dem Geld dabei. Der Fahrer meinte anfänglich, an dem Abend leichten Sex haben zu können. Was machte schließlich die Schöne in der Nacht auf der Autobahn? Als er aber die Geschichte hörte, wurde ihm bitterernst. Er könnte nicht nur seine Stelle verlieren, weil er einer flüchtigen Gefangenen geholfen hat. Die Genossen spaßten damit nicht. Zum Glück kannte er alle Schmuggler an der türkischen Grenze. Schließlich musste man 1.000 Lewa unter dem Tisch zahlen, um so einen erträglichen Job wie seinen zu bekommen, so attraktiv war es. Fast alle internationalen Fahrer hatten schöne Häuser, gute Autos und natürlich reichlich Treibstoff für sie. Der Fahrer machte einen Abstecher von der

Hauptstraße, und fuhr nach Malko Tarnowo. Mustafa kannte er seit Jahren. Mustafa war sehr erfreut, ihn zu sehen, und stellte sich gleich auf ein Saufwochenende ein. Die Sache war aber ernst. Der Fahrer erzählte ihm die Geschichte, gab ihm 500 Lewa, die Hälfte davon, was er von Velitschka bekommen hatte, und sprach: „Du weißt ja was zu tun ist." Velitschka hatte nicht mal für einen Augenblick Zweifel, dass ihr geholfen wird. Was zu tun war, war die Grenze unbeschädigt zu überqueren.

Die Nacht war warm, sanft, leichter Wind, ab und zu Wolken, die der Vollmond für eine Weile so versteckte, dass man nicht auf drei Meter sehen konnte. Das Schwarze Meer war ganz ruhig und leise murmelnd. Eine von diesen Nächten in Bulgarien, wo einem nichts anderes übrigbleibt, als sich zu verlieben. Mustafa und Velitschka hatten aber anderes im Sinne. Mustafa hatte dünne Plastik-Rohre mit sich - etwa zwei Meter lang. Sie kamen an den Strand und liefen entlang der Felsen. Nur eine Stelle war gefährlich, da sie nicht von Felsen umgeben war. Ein Projektor warf schreckliche Helligkeit weit ins Meer. Als sie in der Nähe der Soldatenposten waren, mussten sie ins Wasser laufen. Als das Licht des Projektors in der Nähe war tauchten sie ein und atmeten durch die Rohre, bis das Licht vorbei war. Jetzt ist alles nicht so schlimm meinte Mustafa. Jetzt sind wir in der Türkei. Nach noch einer Stunde Laufen, fanden sie das Haus von David. Davids Familie waren seit Jahrhunderten Bulgaren. Die Zwangsislamisierung der Osmanen machte aus ihren Vätern Pomaken – Bulgaren, die an den Islam glaubten. Zu Hause sprachen sie Bulgarisch, in der Arbeit Türkisch, ihre Grabstätten waren gemischt. Sie lebten immer an der gleichen Stelle, aber die Grenze wechselte. Mal Bulgarien, mal Türkei. Velitschka fragte ihn, wie sie am leichtesten nach Frankreich gelangen kann. Natürlich könnte sie nach Istanbul, und dann mit dem Schiff nach Frankreich, aber eine Kleinigkeit war sehr störend: Sie hatte nämlich keinen Pass. Ob er nicht etwas wüsste? Ja, er wusste etwas. Deutschland brauchte Arbeitskräfte. Abertausende von Türken meldeten sich bei den Arbeitsagenturen. Hauptsächlich Männer, aber manchmal ganze Familien. Die türkische Regierung war froh über diese Entwicklung. Man überprüfte kaum Papiere. Es wurden einfach Listen gemacht, die Leute stiegen in Busse, deren Türen danach verplombt wurden, und so fuhren sie durch Bulgarien. Im Österreich konnte man schon aussteigen und auf die Toilette gehen. Morgen fahren erneut Busse...

Im Speisezimmer bei Dieter und Velitschka war es so still, ein Insekt versuchte, durch die Fensterscheibe zu fliegen. Man konnte es hören, wenn Velitschka ab und zu mal eine Pause machte, um etwas zu trinken. „So kam ich nach Österreich und dann nach Frankreich zurück. Aber Kinder, esst was, sonst wird es kalt."

Das Essen war vorzüglich, das Fleisch war zart und saftig, das Gemüse war nicht zerkocht, und der Knoblauch, ach der Knoblauch, den Nikolay ganz zum Schluss über die Sauce geworfen hat, reichlich vermischt mit Petersilie, himmlisch.

Dann sprang Velitschka plötzlich auf und brachte ein Album mit Bildern. Aus einem Bild lächelte ein schöner Mann, offensichtlich einer von diesen Bronzelatinos. Die Ärmel seines T-Shirts von den Delta Air Lines umhüllten die kräftigen Muskeln seiner Hände. „Das war mein Mann. Und das sind meine Söhne." Die zwei prächtigen Jungs in der Uniform der Westpoint-Akademie hatten auf einem anderen Bild das Lächeln des Vaters. „Warum war?" fragte Sonja. „Der ist nach einem Flugzeugunfall verunglückt. Wir waren kurz vor der Scheidung." Sie wollte nicht mehr darüber sprechen. „Und die Jungs?" fragte weiter Sonja. „Die habe ich seit ihrer Kindheit nicht gesehen." „Aber wie ist das möglich?" ließ Sonja nicht locker.

„Na ja, nach dem meine Mutter den Priester verlassen hat, hatte sie einen jüdischen Juwelier aus Nizza geheiratet. Zwanzig Jahre älter, aber charmant und witzig. Irgendwann konnte ich nicht mehr zu Hause leben. Irgendwie waren wir mit meiner Mutter so ähnlich, dass wir uns nicht mehr ertragen konnten. Auf unseren unendlichen Partys habe ich eine Schwedin kennengelernt, Nora – ziemlich verrücktes Ding, wie ich eigentlich. Sie hatte ähnliche Probleme mit ihren Eltern. Da beschlossen wir, nach dem Gymnasium nach Schweden umzuziehen, und in einer Stewardessenschule weiterzumachen. Es ist erstaunlich, aber das Leben in Schweden war in der Zeit viel freizügiger als in Frankreich. Mein Gott war es eine schöne Zeit. Na ja, nach der Ausbildung waren wir ziemlich überall in der Welt. So habe ich Ignatio kennen gelernt. Mon Dios, sah er gut aus! Wie ein Gott! Alle Stewardessen waren in ihn verknallt. Eigentlich war das nur kurz eine richtige Ehe. Ich ahnte, dass er fremd geht, ich spürte es mit meinem Magen. Wegen dieses Gefühls konnte ich nicht ruhig schlafen. In meiner Verzweiflung war ich in der Lage, Schreckliches zu tun. Entweder sollte ich den Kerl umbringen oder einfach abhauen. Für die Jungs hatte ich keine Sorge, mein Stiefvater hatte uns als Geburtstagsgeschenk eine Pflegemutter geschenkt. Eine sehr nette Frau aus Algerien. Sina, sie sprach neben

Arabisch auch Französisch und English. Der Stiefvater hatte einen Vertrag mit ihr unterschrieben, in dem sie sich gegen eine sehr schöne Summe Geld verpflichtet hat, die Kinder bis zum 17. Lebensjahr zu betreuen."

„Und du hast kein Bedürfnis die Jungs zu sehen?", wollte Sonja fragen, aber wagte es nicht.

Der Prinz von Marokko

„Ich habe auch eine Tochter. Sie ist eine Prinzessin von Marokko", fügte Velitschka ganz leise mit fast zitternder Stimme hinzu, als glaubte sie sich selbst nicht. Man hatte das Gefühl, sie hatte gar nichts gesagt.

Das war wirklich zu viel. Keiner hat mehr an irgendetwas geglaubt, was Velitschka bis jetzt erzählte. Dieter liebte sie, und schaute auf sie, wie auf einen prachtvollen, reizenden Vogel, dessen Lied einfach schön anzuhören ist. Man braucht das Lied des Vogels nicht zu verstehen. Nikolay war überzeugt, dass in den Geschichten etwas nicht stimmte. Sonja eigentlich auch. Velitschka sprach weiter, mit der gleichen Stimme:

„Schon bevor Ignatio verunglückte, fasste ich die Entscheidung, ihn zu verlassen, zu verschwinden, irgendwohin weit, weit weg ... Aber wohin sollte ich? Ich hatte gerade einen Film mit Alain Delon gesehen, „Die Hölle von Algier". Ja ... sie nehmen auch Frauen in die französische Legion auf. Mir hat es nichts ausgemacht. Die Ausbildung, die körperliche Belastung, das war für mich ein Spiel, in dem ich Ignatio vergessen wollte. Die Nachricht, dass er tot ist, hat mich in Afrika erreicht. Mein Herz war so verwüstet.

Nichts hatte für mich noch eine Bedeutung. Die Kämpfe in Kongo waren sinnlos und schrecklich... Ich kriegte Malaria ... und wog 40 kg. Dann wurde ich nach Marokko in ein Lazarett transportiert, wo ich nach drei Monaten wiederum gesund wurde – ich war wieder in Höchstform. Am Neujahresfest hat man uns in das schönste Hotel in Karachi eingeladen. Offiziere, Soldaten, einheimische Reiche... Ich fühlte mich als neugeboren, nach all der Krankheit und schrecklichen seelischen und körperlichen Belastungen. Ich tanzte mit jedem, der mich einlud, trank mit jedem, der mit mir trinken wollte, wir lachten, und schrien. Es ging uns wirklich gut. Eine der Schwestern aus dem Militärlazarett, Marie, war auch da. Als ich mit einem Mann tanzte, flüsterte sie mir zu: „Weißt du, wer das ist?" Als wir beim nächsten Mal in der Nähe waren, fragte ich. „Wer denn?" „Der Prinz von Marokko!"

Die Geschichte wurde immer spannender. Es spielte keine Rolle mehr, ob sie wahr war oder nicht. Keiner wollte „nicht mehr glauben". Alle wollten nur durstig hören.

„Ich merkte erst dann, dass ein Paar kräftige Kerle immer in seiner Nähe waren. Erst dann merkte ich auch, dass alle Mädchen seine Nähe suchten. Er sprach ein exzellentes Französisch und war nicht wie die meisten Araber. Er wirkte irgendwie europäisch. War das die Sorbonne, wo er studiert hatte, oder das Nachtleben in Paris, das ihn so geformt hatte, aber er war irgendwie schon angenehm. Verrückt, ich haue aus Frankreich ab und er geht dort studieren. Am nächsten Tag wachte ich in seiner Suite im Hotel auf, nachdem die Bedienung das Frühstück brachte. Er lächelte mich an und wollte seine Augen nicht von mir wegnehmen."

„Wills du mich heiraten?"

„In dem Augenblick war alles so leicht, unbekümmert... Ich nahm das alles nicht ernst. Ich sagte „ja", als hätte er mir ein Eis angeboten. Erst paar Tage später kapierte ich das ganze Konzept der reichen Araber. Ich war nicht seine einzige Frau..."

Velitschka sprang, und brachte ein paar Fotos aus dem Schrank.

„Schaut!"

In der Tat. Vier Männer tragen auf einem Teppich eine wunderschöne Frau. Die Arme bis zum Geht-nicht-mehr mit goldenen Armbändern, Goldketten wie die Panzerung eines Ritters.

„Vier Kilo Gold", erahnte sie unsere Fragen. „Sie haben es mir bei der Scheidung gegeben."

„Was für eine Scheidung?", fragte Sonja neugierig.

„Na ja, Mädchen, stünde ich hier, wenn ich noch mit dem verheiratet wäre? Ich kriegte im Palast ein schönes Apartment, persönliche Sklaven, und eine außerordentlich nette und wohl gebildete Frau, die sich um meine Tochter kümmern sollte."

„Die Tochter, ... ich meine die Prinzessin..., ist sie von dem Prinzen?", Sonja stotterte ein bisschen.

„Ja, ein wunderschönes Mädchen kam neun Monaten später auf die Welt. Kurz danach wollte ich mich scheiden lassen. Man erklärte mir (das waren seine Anwälte), dass man sich von einem Prinzen einfach nicht scheiden lässt. So was gibt es nicht! Ich erwiderte mit aller Entschiedenheit, ich sei eine französische Staatsbürgerin, und das ginge. Der Prinz war so was von traurig. Der hat mich gerngehabt. Mit dem lachten wir so viel zusammen, und wir fühlten uns wirklich wie füreinander geschaffen. Aber dieses Gefühl in meinem Magen... die anderen Frauen... man kann sich nicht vorstellen, was das für eine Europäerin bedeutet. In der Liebe sind wir so egoistisch... Eine Woche später erklärten mir die Anwälte, dass einer Scheidung zugestimmt wurde, das Kind bleibt aber bei Hofe. Als Entschädigung darf ich meine persönlichen Goldgeschenke mitnehmen. Ich bekam auch eine große Summe in eine Schweizer Bank überwiesen"

„Und? Was ist mit deiner Tochter passiert?", Velitschka weinte schon. Es war Stille.

„Ihr glaubt mir wohl kein Wort. Nicht wahr?"
Keiner sagte was.

„Ich hatte nirgendwo hinzugehen. Also meldete ich mich erneut in meine Legionseinheit. Sie wurde kurz danach nach Baden-Baden in Deutschland versetzt. Den Rest wisst ihr."

Dann stand Dieters Tochter auf, die die ganze Zeit still war, setzte sich ans Klavier und spielte ein trauriges Stück von Beethoven. Die Finger glitten leicht über die Tasten... Sie wirkte total abwesend.

Ein Jahr später

Sonja war gerade von der Arbeit zurückgekommen und wollte den Esstisch decken. Alles, was mit Essen und Trinken zu tun hatte, war nicht so ihr Ding. Sie mag Menschen, Partys, Treffen, Reden, Musik, aber nicht wegen der Musik selbst, sondern wegen der Möglichkeit zu tanzen, mit den anderen in einem gewissen Rausch zu kommunizieren.

Deswegen war sie instinktiv dankbar, wenn Nikolay diese Aufgaben übernahm. Das Telefon klingelte. Sie hob ab.

„Hallo Sontsche…"

Die Stimme von Velitschka. Sontsche war die Verniedlichung von Sonja. Fast alle Leute nannten sie so.

„Rate mal, wen ich zu Hause habe?"

„Wen denn?"

„Meine Tochter."

Sonja schrie vor Überraschung und Freude, und schaltete instinktiv den Lautsprecher an. Das Wohnzimmer fühlte sich mit Geschrei. Nikolay hatte das Gefühl, dass im Augenblick alle Vögel draußen aufgescheucht wurden und sich in den Himmel verzogen. Er hatte aber auch das Gefühl, dass Velitschka auf der anderen Seite vor Freude weinte.

„Ich habe immer gedacht…eines Tages wird sie mich finden. Und ihr habt mir das nicht geglaubt! Nicht wahr? Und jetzt ist sie da. Mit ihren beiden Söhnen. Mein Gott machen sie Krach und alles durcheinander. Ich muss mich den ganzen Tag um sie kümmern. Meine Tochter wollte beim Visumantrag im Deutschen Konsulat auch ihre zwei Sklaven mitnehmen, aber es ging nicht. Der deutsche Konsul meinte, es gibt keine Sklaven in der modernen Welt… "

Sonja war selten sprachlos. Aber jetzt war sie es. Nach einer langen Pause fragte sie:

„Wie hat sie dich denn gefunden? Ihr hattet doch keine Verbindung zueinander? Nach so vielen Jahren…"

„Ich habe den Ratschlag von Nikolay befolgt. Ich wendete mich an das Bulgarische Konsulat in Bonn und bekam ohne irgendwelche Probleme meinen bulgarischen Pass. Dann waren wir mit Dieter in Bulgarien. Ich habe meine Verwandte gefunden… O mon dios! Es war

wunderbar. Und weißt du was? Ich habe sogar ein Grundstück in Bulgarien spotbillig gekauft. In Bojana. Du weißt schon am Fuße des Vitoscha Gebirges, wo die Reichen leben. Wir haben mit Dieter ganz schnell ein luxuriöser Bungalow gebaut. Sehr schön! Aber zum Wohnen haben wir uns ein Haus in der Nähe der jugoslawischen Grenze gekauft. Übrigens wird das Bungalow an Angestellte des Israelischen Konsulats vermietet. Sie bezahlen gut – 1.000 DM im Monat. Ich habe vor, noch weitere drei auf dem gleichen Grundstück zu bauen. Polizeilich haben wir uns im Streltscha angemeldet. Und stell dir mal das vor: Meine Tochter versucht seit vielen Jahren, mich über das Marokkanische Konsulat zu finden. Vor der Wende, 1990, ging es nicht. Ich war ja, in Bulgarien nicht existent … mich gab es dort nicht …Und danach, nach dem ich schon Pass und angemeldeten Wohnsitz hatte, ging es. Stell dir mal das vor. Sie hat mich in Bulgarien jetzt im Sommer angerufen. Unglaublich…"
Sonja wollte gerade sagen, dass alles an Velitschka unglaublich sei... Aber jetzt bekam alles Gestalt. Es wurde real.

„Ich weiß, dass du mir immer noch nicht glaubst. Deswegen laden wir euch mit Dieter ein. Kommt mal am Wochenende vorbei, und ihr werdet meine wunderbare Tochter und ihre zwei prächtigen Burschen kennenlernen. Abgemacht! Mein Gott ich bin so glücklich! Ich war schon in der Orthodoxenkirche in Baden-Baden und habe Kerzen vor Dankbarkeit gezündet. Ihr kommt ja, keine Widerrede!"

Eine Pianistin in Florenz

Klavierunterricht

Samstagabend in Florenz. Der Fluss Arno war in vielfarbigen Lichtern getaucht. Die Spiegelungen im Fluss flackerten und erzeugten etwas Magisches. Menschen über Menschen, die Straßen waren voll... Ab und zu rauschten Jungs auf Motorrädern vorbei und machten einen Riesenlärm. An diesem Abend schlug die italienische Nationalmannschaft die Spanier ... oh ... das war für die Italiener nur ein bisschen weniger als Sex! Natürlich waren sich alle einig, dass diese Großartigkeit des italienischen Geistes gefeiert werden musste. Überall schwenkten Fans mit Schals, Fahnen, Westen und dergleichen. Einige von ihnen waren bereits betrunken, andere dachten, es stünde unmittelbar bevor. Junge Polizisten starrten lässig auf die vorbeigehenden Mädchen und waren genauso fröhlich wie die Menschen um sie herum. Es war ein warmer, schöner Abend...

Madame Vanessa stand auf und schloss das Fenster. In der Halle übertönte der Klang des Klaviers den Lärm. Rossis lange Finger glitten mit solcher Leichtigkeit über die Tasten... sie liebte dieses Werk und konnte es auswendig. Madame Vanessa spürte, dass sie ihr nichts mehr vermitteln konnte, und freute sich auch über ihre eigene Leistung. Mein

Gott, was für eine talentierte Bulgarin! Das war kein neues Phänomen für sie. In der italienischen Musikkultur genossen die Menschen aus dem Land des Orpheus einen sehr guten Ruf. Das Finale erforderte Energie und Konzentration. Und dann hörte dieser Wasserfall von Tönen plötzlich auf. Madame Vanessa hielt den Atem an. Nur der dumpfe Lärm der Stadt blieb. Rossi stand auf. Sie trug ein langes Kleid. Sie muss heute Abend eine Verabredung haben, dachte Madame Vanessa. Sie umarmte sie, küsste sie auf die Wange und sie trennten sich mit einem freundlichen Blick und einem „Ciao" voneinander. Madame Vanessa hatte 20 Jahre lang am Konservatorium unterrichtet und dabei eine Vielzahl von Persönlichkeiten und Talenten kennen gelernt. Aber dieses wunderschöne Mädchen beeindruckte sie über alle Maße! Rossi schien nichts von der Eitelkeit zu haben, nichts von dem Verwöhntsein, nichts von der Überheblichkeit, nichts von der Exaltiertheit... nichts von all den Dingen, die Künstler im Übermaß haben. Aber wirklich nichts von alledem! Die flackernden Scheinwerfer der Autos draußen ließen ihr rabenschwarzes Haar aufblitzen. Es fiel ihr fast bis zur Taille. Sie hatte ein sehr weißes Gesicht mit weicher, samtener Haut. Ihr eleganter Gang verriet, dass sie als Kind ständig in Bewegung gewesen war. Sie sprach leise und beiläufig. Sie schien kein Gespür für ihr Talent zu haben, und Madame Vanessa hatte das Gefühl, dass sie es nicht sehr hochschätzte. Für sie war das Leben wie eine Art Halbschlaf.

Hotel Continental

Rossi ging zügig auf die Straße hinaus und atmete tief ein. Ihre Brüste hoben sich stolz unter ihrem Seidenkleid, und die Augen der beiden Jungen, die lässig auf ihren Motorrädern saßen und rauchten, schossen zu ihnen. Sie eilte zum Hotel Continental, das nicht weit vom Ponte Vecchio entfernt lag, wo sie einen Vertrag hatte, samstags und sonntags zwei Stunden lang zwischen 21 und 23 Uhr im Restaurant zu spielen. Ihr Vater war ein wohlhabender Mann in Bulgarien, aber Rossi war wie ihre Mutter, sie arbeitete die ganze Zeit und schaffte es immer, ihr eigenes Einkommen zu haben und unabhängig zu sein. Der Portier, Gianpiero, der ebenfalls Student war und mit diesem Job ein wenig Geld verdiente, lächelte sie freundlich an:

„Endlich ein schönes Mädchen in Florenz!"

„Nun, Piero, ich habe dich gestern mit einem Täubchen gesehen, das keineswegs zu vernachlässigen ist!", schenkte sie ihm ein charmantes Lächeln und trat ein.

Der Chefkoch des Continental-Restaurants war berühmt, und das Restaurant war sogar an Wochentagen voll. Woher diese Italiener das Geld nahmen, war Rossi ein Rätsel. Die Löhne waren nicht hoch, jeder beschwerte sich, aber niemand musste auf einen guten Wein und ein gutes Essen verzichten.

Hier spielte sie hauptsächlich Blues und Jazz. Als sie sich an das Klavier setzte, ließ sie ihren Blick über alle Tische schweifen. Es war wirklich voll. Nach den ersten Akkorden füllte sich der Raum mit einer warmen, vibrierenden Stimme, mit vielen heiseren Obertönen, die mal auftauchten, mal verschwanden... Selbst diejenigen, die sie bereits

gehört hatten, waren von dieser fast flüsternden und erzäh-
lenden Stimme bewegt. Der übliche Lärm im Restaurant
verstummte für einen Moment. Zufällige Gäste in der Lobby
hielten einen Moment inne, um zu sehen, woher diese ma-
gische Stimme kam. Jacopo, der den Wagen, auf dem alle
Arten von Frutti di Mari lagen, bewegte, hielt ebenfalls kurz
inne und lauschte, bevor er zu dem Tisch ging, den Herr
Corardini vor einer Woche reserviert hatte.

Vittorio Corardini war Direktor der Florentiner Fili-
ale der Commercial Bank. Er besuchte dieses Restaurant oft
mit Kunden, aber heute war er mit seiner Familie gekommen. Seine beiden Jungs unterhielten sich über das neueste
Computerspiel und sponnen Dinge, um Vittorio zu seinem
üblichen „Na gut, ich kaufe es für euch" zu bringen. Ihr
Haus war voll mit allen möglichen Dingen, und er wusste,
wie schnell sie von diesen teuren Dingen satt wurden und
sich nach dem Nächsten sehnten. Er hatte nicht die Kraft,
sie abzulehnen, aber tief in seinem Inneren spürte er, dass er
damit ihren Charakter verdarb. Valentina, seine Frau,
stammte aus einer wohlhabenden Florentiner Familie. Sie
lebten seit Jahrhunderten in einer luxuriösen Villa auf einem
Hügel über Florenz. In ihrer Familie gab es Anwälte und
Politiker, aber ihr Einkommen stammte hauptsächlich aus
der Autoteilefabrik, die ihr Urgroßvater gegründet hatte. Sie
stellten Bremsbeläge und Keramik-kupplungsscheiben her.
Das war damals ein kluger Schachzug ihres Großvaters.
Alle Fahrzeuge brauchen Bremsen und Kupplungen. Im
Zweiten Weltkrieg stellten sie Bremsen für Panzer her. Der
Krieg ging vorbei und sie waren noch reicher als zuvor. Va-
lentina bestand auf Tischmanieren, auf das Protokoll für al-
les, sie ordnete immer wieder an, was anständig war und was

nicht. Sie gab gerne Ratschläge zu elementaren Dingen, die jeder halbwegs vernünftige Mensch beachtete. Vor zwanzig Jahren sah Vittorio diese Charakterzüge bei ihr, aber sie war eine so attraktive Frau, dass der Sex alles wieder wettmachte. Sie bewegten sich in fröhlicher Gesellschaft und es störte ihn nicht sonderlich. Im Laufe der Jahre änderte sich das. Vittorio hatte in Bologna Wirtschaftswissenschaften studiert. Er war immer ein Liebling der Gesellschaft, sang die beliebtesten Arien und schmutzigen neapolitanischen Lieder mit und begleitete sich selbst mit seiner Gitarre, kannte alle Witze der Welt. Er war ein unvergleichlicher Charmeur, gutaussehend und charmant. Italienische Jungen wuchsen in der Regel gemeinsam auf der Straße auf und gaben endlos damit an, wer besser war, wer stärker war, wer einfallsreicher war, wer den Größeren hatte... Es war ein religiöses Ritual bei den Italienern. Bla, bla, bla ohne Ende... Sie blühten in diesem Ritual auf, es war Teil ihres Lebens. Aber Vittorios Wesen war zutiefst rational. Er spielte dieses Spiel, aber mit der Zeit sehnte er sich nach einer rationalen Beziehung, nach einer Kommunikation, in der der andere auf die Argumente einging, überlegte... Sogar bei den Witzen, bei den Mahlzeiten, bei den Opern- und Theaterbesuchen... wünschte er sich einen echten, nicht einen oberflächlichen Stil. In seiner Jugend unterhielt er sich mit allen und war bereit, mit jedem, an jedem Ort und über jedes Thema ein Gespräch zu führen. Aber jetzt wollte er seine Zeit nicht mit Dummköpfen, mit oberflächlichen Menschen, mit Ungebildeten, mit Fanatikern verschwenden... es schien ihm, dass die Zeit, die er für die Kommunikation mit anderen Menschen hatte, knapp war, und er wünschte sich, dass seine Seele in dieser knappen Zeit Harmonie finden könnte.

Es war interessant, dass dies in der Bank auch begriffen wurde. Er war ein kluger Analytiker und verhinderte mehrfach, dass die Bank schlechte Kredite vergab und „giftige" Wertpapiere kaufte. Angelo, der Eigentümer der Bank, liebte ihn, und innerhalb von zehn Jahren wurde Vittorio Chefsyndikus, mit einem eigenen Schreibtisch und einem Team von Buchhaltern und Anwälten. Nach weiteren zehn Jahren war er nun an der Spitze der Bank - CEO.

„Lorenzo, ich habe es schon hundertmal gesagt - die Vorspeise mit den äußersten Utensilien!", sagte Valentina sozusagen aus dem Stegreif, ohne Häme, aber verärgert.

„Adriano, brich das Brot, das du in den Mund nimmst, in kleine Stücke!"

Rossis warme Stimme stand im krassen Gegensatz zu diesen Plattitüden. Sie war schon eine Weile hier, und jedes Mal, wenn sie spielte, fühlte Vittorio, dass er in die Welt eintauchte, nach der er sich sehnte. Er liebte echte, bewegende Kunst, nicht das endlose Gerede darüber. Das Mädchen hinter dem Klavier wirkte auf ihn distanziert, geheimnisvoll und charmant. Plötzlich ertappte er sich bei dem Gedanken „Wir sind etwa 20 Jahre auseinander" und sah Valentina verwirrt an. Im selben Moment hob Rossi den Kopf und ließ ihren Blick durch den Raum schweifen. Es schien ihm, als ob sich ihre Blicke für einen Moment trafen, aber nein... es war der übliche Blick des Künstlers, der die Reaktion seiner Zuhörer beobachtete.

Gegen 23 Uhr sammelte Rossi ihre Noten ein, stand langsam auf und verbeugte sich tief. Sie richtete sich auf, warf ihr langes Haar zurück und strahlte ihr bescheidenstes Lächeln aus. Alle applaudierten ungewöhnlich lange für ein Restaurant. Aber das waren Italiener, sie spürten die wahre

Kunst und hatten unendlich viel Energie, ihr zu applaudieren.

„Danke, ich liebe euch, ihr seid ein tolles Publikum."

Eigentlich war es ein lukrativer Job und bei den Studenten des Konservatoriums sehr begehrt. Die Gäste kamen mit Wünschen zum Klavier, und Rossi konnte alles … Gewöhnlich begann sie zu spielen, bevor der Gast seinen Wunsch zu Ende geäußert hatte, und sie sprach weiter mit ihm. Das fesselte den Gast, und als sie den Schluss erreicht hatte, war ihr das Trinkgeld sicher. Auf dem Weg nach draußen ging sie am Salon-Verwalter vorbei, und nachdem sie ihr süßes „Ciao, Francesco" gemurmelt hatte, schüttelte sie ihm achtlos die Hand, und ein anständiger Schein wechselte den Besitzer.

„Das ist nicht nötig, meine Liebe", sagte er aus Anstand, aber er war froh.

Er war auch mit seiner Wahl zufrieden, denn es war zu beobachten, dass einige Gäste wiederkamen, seit sie im Continental spielte. Schließlich organisierte er das Vorsingen und wählte sie aus. Rossi hatte dies von ihrem Vater gelernt. Costa hatte immer gesagt, dass ein Wagen geschmiert werden muss, damit er gut läuft und nicht quietscht. Für ihn war das Trinkgeld ein wichtiger Teil des Lebens, und er betrachtete es nicht als etwas Unmoralisches, sondern als Fürsorge für die Person. Venka, seine tatkräftige Frau, war der gleichen Meinung.

Julians Geburtstag

Heute Abend hatte Julian Kovachev, der in Sofia lebt, Geburtstag. Er studierte Regie und alle sagten ihm eine große Zukunft voraus. Rossi hatte ihm, nachdem er sie eingeladen hatte, gesagt, dass sie nach ihrem Engagement bei Continental vorbeischauen würde.

Auf dem Weg dorthin kam sie an der kleinen Weinkellerei in der Straße am Wasser vorbei. Dontscho stand wie immer am Eingang und versuchte, die Passanten zum Eintreten zu bewegen. Er hatte alles Mögliche versucht, aber nichts war es ihm gelungen. Nur für ein einziges Abendessen blieb er die ganze Nacht hier. Die Köchin war nachsichtig, und er bekam auch die Reste, von denen er leben konnte. Viele Bulgaren hatten im Ausland kein Glück. Rossi hatte Mitleid mit ihm, ihre Hand nahm instinktiv einen Zehn-Dollar-Schein aus der Außentasche ihrer Handtasche, den ein älterer amerikanischer Mann beim Verlassen der Umkleidekabine unbemerkt von seiner Frau dort hineingesteckt hatte, und steckte ihn geschickt in Dontschos Hemdtasche.

„Gott segne dich, meine Liebe", kam es von hinten an Rossi gerichtet.

Die Wohnung von Julian Kovachev war voll mit Menschen. Schließlich lebten sie in der Toskana, und es war unmöglich, bei einer Geburtstagsfeier keinen Chianti zu trinken. Julian küsste sie zärtlich auf beide Wangen. Die Wärme ihrer Brüste entging ihm nicht. Er reichte ihr ein Glas Wein und zeigte auf die Leute. Julian war sehr glücklich, denn er war beauftragt worden, mit einigen der Leute zu arbeiten, die Nabucco für die Sommeraufführungen in der Arena di Verona vorbereiten[1]. Er hatte die Idee, „Va, pensiero" so langsam wie möglich zu inszenieren, langsamer als das Langsamste, sagte er dem Chor und dem Orchester. Der Dirigent war ekstatisch. Er war sich sicher, dass Julian eines Tages selbst Nabucco in Verona aufführen würde.

„Viel Vergnügen!"

Ivan aus Ruse war ein Künstler. Was Rossi im Continental machte, war für ihn das Zeichnen mit farbigen Kreiden auf dem Platz vor der Kathedrale in Florenz. An guten Tagen kassierte er 200 Dollar am Tag. Die amerikanischen Frauen waren sehr beeindruckt von der Vergänglichkeit seines Schaffens. Am liebsten malte er die „Drei Grazien" von Sandro Botticelli. Er erzählte begeistert von dem Besuch der Ausstellung der Gemälde von Andy Warhol, und die Italienerin Laura und die Serbin Tijana Kruskic saugten jedes seiner Worte mit unverhohlener Begeisterung auf. Mincho wollte unbewusst die Aufmerksamkeit von Tijana erregen und sagte.

„Was gefällt euch so sehr an diesem Andy? Jeder kann eine Blechdose in hundert Variationen malen oder Dias von Marilyn Monroe auf Leinwände projizieren und ihr ein Dutzend Schemas in verschiedenen Farben geben. Ivan, schau mal, Michelangelo hat 600 Quadratmeter Fresken in der Sixtinischen Kapelle des Vatikans gemalt, und jeder Quadratmeter ist ein Meisterwerk. Und das ist nicht das Einzige, was dieser Mann geschaffen hat! Sag mir, mein Freund, kann man diese enorme künstlerische Energie, mit der von Andy vergleichen?"

---

[1] Riesiges antikes Amphitheater in Verona.

Die Blicke von Tijana und Mincho trafen sich. Ivan dachte nach und sagte.

„Es gehört zum Wesen der Kunst, dass sie die Menschen berührt, ohne dass sie erklären können, warum oder wie. Ich bin mir sicher, dass fast jeder Picassos Kritzeleien malen kann, aber können wir der Kulturwelt vorwerfen, dass sie verrückt ist, weil sie so viel Geld für sie ausgibt?"

„Natürlich können wir das!", brachen alle in Gelächter aus.

„Kunst ist also auch eine Art von Wahnsinn!"

„Ja!", und wieder lachen sie alle fröhlich.

Eine andere Gruppe hatte sich um Janko gebildet.

„Die bulgarische Zivilisation ist sehr alt.", sagte er. „Alte Dokumente zeigen, dass unser Staat um 165 nach Christus gegründet wurde."

„Hör auf Janko, das steht nicht in unseren Lehrbüchern!", warf Pavlin ironisch ein.

Janko studierte Geschichte und war ein sehr belesener Junge. Äußerlich war er schwach. Eine riesige lockige Mähne umhüllte die dünnen und feinen Züge seines Gesichts. Er war irgendwie geistreich. Sein Blick war achtsam. Er sprach leise.

„Aber Pavka, das ist das Ungeheure an uns Bulgaren, jeder ist ein Experte für Politik und Geschichte. Wusstest du, dass unsere Geschichte von einem zwanzigjährigen Jungen aus der Tschechei geschrieben wurde? Ireček! Ein kluger Junge, sein Schwiegervater war Professor in Prag, beide sehr gebildet. Der junge bulgarische Staat hatte nach der türkischen Besatzung keine Bücher und erfreut sich an jedem Lehrmittel. So wurde für Jahrhunderte zementiert, was Ireček schrieb. Nun singst du mir das gleiche Lied vor. Aber heute haben wir Zugang zu viel mehr Quellen, als er hatte. Und so klug und gelehrt er auch war, das neue Wissen steht nicht in seinem Buch. Die bulgarische Geschichte muss also auf der Grundlage aller Kenntnisse und auf allen Ebenen neu geschrieben werden, für kleine Kinder, für Jugendliche und für Erwachsene. Dies ist die wichtigste Aufgabe der bulgarischen Intelligenz, um unser Volk aufzuwecken."

„Okay, Janko, gib mir ein Beispiel", fragte der wirklich interessierte Pavel, diesmal ohne Ironie.

„Sag mir, wann wurden die Bulgaren bekehrt?"

Alle riefen unisono aus:

„Unter Zar Boris, im neunten Jahrhundert."

„Da seht ihr es! Der heilige Paulus gründete in den 60er Jahren die ersten christlichen Gemeinden in Plovdiv. Die Thrako-Ilirer gehören zu den ältesten Christen nach denen in Palästina."

„Nun gut, was hat Zar Boris denn getan?"

„Boris hatte ein riesiges Land mit mehreren Religionen in seiner Bevölkerung. Er hat, wenn es ihn je gegeben hat, das Christentum als Staatsreligion eingeführt, und nicht die große Mehrheit der bulgarischen Bevölkerung bekehrt, die schon lange christlich war."

„Und warum sagst du „wenn es ihn je gegeben hat"? Du wirst doch nicht behaupten, dass es keinen Zar Boris gegeben hat. Was ist deine Meinung?"

„Nein, ich habe keine Meinung. Entweder hat der Historiker die Fakten oder er hat sie nicht. Man kann das Fehlen der Fakten nicht durch eine Meinung ersetzen. Das geht, wenn wir Witze erzählen oder darüber diskutieren, ob eine Frau so hübsch wie Rossi ist oder nicht, aber nicht in der ernsthaften Wissenschaft. Paisii Hilendarski zum

Beispiel, ein für seine Zeit erstaunlich gebildeter Mann, sagt, dass es zur Zeit der sogenannten Bekehrung kein Zar namens Boris gab. In der Tat sprechen alle Zeitgenossen von einem Zar Michael, der in Ohrid regierte, aber sie sprechen nicht von einem Boris. Paisii sagt, dass die Griechen ihn als Michael, den Bulgaren, aufzeichneten, was auf Griechisch wie Michael Bulgaris klingt, und dass dies der Grund ist, warum spätere Schriftsteller über Boris Michael schrieben."

„Hör mal auf, Janko, du hast uns völlig verwirrt!", sagte Milena aus der nächsten Gruppe, die ebenfalls zugehört hatte.

„Und nur damit ihr es wisst, gerade in Italien haben wir so wertvolle Quellen für unsere Geschichte."

„Und wo sind sie, kann ich sie lesen?", fragte Pavel.

Janko lächelte traurig.

„Leider befinden sie sich in der vatikanischen Bibliothek, und die Kardinäle verlangen pro Tag so hohe Gebühren, dass ein Student sie sich nicht leisten kann. Ich möchte jetzt zum Beispiel die Geschichte von Anastasius, dem Bibliothekaren, finden, der auch Papst war und einer der größten Experten für die Christianisierung der Bulgaren war. Ich weiß, dass sie im Vatikan liegt, aber ich habe kein Geld für die Gebühren. Es gibt Bücher von Eticus über die Schrift der Bulgaren im 4. und 5. Jahrhundert. Die würde ich auch gerne lesen."

„Es reicht, du Schlaumeier, hast uns komplett verwirrt!"

Milena stammte aus Plovdiv, und für sie war jeder ein Dummkopf oder ein Schlaumeier, je nach dem Eindruck, den man auf sie machte. „Willst du damit sagen, dass Kyrill und Methodius die Buchstaben nicht erfunden haben?

„Ja, das haben sie nicht getan!"

„Nun gut, Janko, ist an dem, was man uns beigebracht hat, etwas Wahres dran?", rief diesmal das Geburtstagskind. Die Diskussion hatte alle Anwesenden wie ein Magnet angezogen.

„In der Praxis steht in unseren Lehrbüchern nichts über die Entstehung der bulgarischen Zivilisation. Über den zweiten bulgarischen Staat und darüber hinaus weiß man wesentlich mehr."

„Nun Janko, hier ist eine wichtige Aufgabe für dich im Leben. Schreibe die neue Geschichte Bulgariens, und wir werden alle ewig dankbar und stolz sein, dich persönlich zu kennen", zwinkerte Milena ihm fröhlich zu.

„Und wird deine Dankbarkeit für einen Sex ausreichen?"

Sie brachen alle in Gelächter aus.

Rossi verfolgte das ganze Gespräch. Sie wollte Janko so gerne helfen, aber wie? Sie war immer bereit, jemandem zu helfen.

Milena drehte sich auf der Couch um und setzte ihr Gespräch mit Pavlina fort. Sie waren beide Studentinnen, aber Pavlina hatte keine Unterstützung von irgendwoher. In ihrer Verzweiflung war sie schon einige Male an der Piazza der leichten Mädchen vorbeigegangen und war auch dazu bereit, solange sie ihr Studium fortsetzte. Sie hatte Freundinnen aus Moldawien und der Ukraine, die das taten. Sie hatte von ihnen gehört, dass sie manchmal auf Mafiosi auf Drogen trafen, die sie missbrauchten. Sie haben Kokainpulver, ich weiß nicht wo, hineingeschüttet und damit wurden

die Mädchen süchtig. Unwillkürlich zitterten ihre Schultern
vor Angst, und Milena sah sie ängstlich an.

„Was hast du, meine Liebe?"

Pavlina teilte diese Gedanken spontan mit Milena.
Milena erklärte ihr, dass es andere, akzeptablere Aktivitäten
gäbe. Sie müsse nur die Anzeigen in den Zeitungen lesen.
Zum Beispiel - Hausmädchen. Die Arbeit bestand darin, einen Tag in der Woche das Haus zu putzen. Sie war sehr gut
bezahlt.

„Aber das ist ein Job für eine Putzfrau!", wandte Pavlina ein, wurde aber gleich verlegen, weil dieser Job immer
würdiger war als die Prostitution.

„Nein, meine Süße! Die Besitzer machen eine Aus-
lese, sie reden mit dir, und wenn sie überzeugt sind, dass du
ein ehrlicher Mensch bist und ihr Haus nicht ausrauben
wirst, erst dann nehmen sie dich. Dafür zahlen sie gutes
Geld. Mit einer Zahlung kann ich meine Miete für den Monat bezahlen und habe noch Geld für Disco und Essen übrig.
Da breche ich mir keinen Zacken aus der Krone, wenn ich
das Haus eines reichen Mannes putze."

Rossi hörte dieses Gespräch ungewollt mit. Die
Worte ihrer Mutter klangen ihr noch in den Ohren.

„Was auch immer du tust, du musst ein unabhängiges
Einkommen haben. Du musst in der Lage sein, dir mit harter
Arbeit und Einfallsreichtum ein gutes Leben zu schaffen.
Wenn das Schicksal beschlossen hat, dir etwas zu schenken,
wird es geschehen, aber das Schicksal ist eine Hure, auf die
man sich nur selten verlassen kann."

Das Engagement im Restaurant war eine gute Sache,
aber ein bisschen mehr Geld würde ihr guttun, also

beschloss sie, eine Zeitung zu kaufen und sich diese Sache anzusehen.

Das Restaurant war voll von jungen Leuten, die heute Abend nur einen Wunsch hatten: Sex, Sex und sonst nichts. Ganz gleich, was sie sagten, sie dachten alle nur an das eine!

Der Kardinal

Das Restaurant war an diesem Abend voll. Rossi spielte und beobachtete neugierig die Kundschaft. Sie war es gewohnt, Situationen zu erkennen. Hier auf der linken Seite saßen ein Vater und eine Mutter, die ihre Tochter offensichtlich schon sehr lange nicht mehr gesehen hatten und die vor Neugierde brannten, viele Dinge über sie zu erfahren. Sie sahen sie mit unglaublicher Liebe an. Sie spielte für sie „Memory" von den Temptations. Ihre Stimme überflutete den Saal mit ihrer Sanftheit und erschütterte offensichtlich die Seele des amerikanischen „Dad". Nachdem sie das beendet hatte, machte sie eine lange Pause. Der Vater stand mit Tränen in den Augen vom Tisch auf, ging zum Klavier, bedankte sich ausgiebig und stellte einen 100-Dollar-Schein unter ihr Wasserglas.

In diesem Moment traten zwei Herren ein. Der eine war Kardinal Buenaventura und der andere Vittorio. Zwei Kellner schossen auf sie zu. Der Kardinal sollte ein Immobiliengeschäft in Florenz abwickeln, und dafür wollte man eine unabhängige Bank hinzuziehen. Die Öffentlichkeit in Italien hatte der Vatikanbank in letzter Zeit viel Aufmerksamkeit geschenkt, und Gerüchte, dass es dort nicht mit rechten Dingen zuging, hielten sich hartnäckig. Rossi konnte sehen, dass sie beide einen der seltenen toskanischen Weine tranken, und der Tisch war mit den erlesensten Speisen gedeckt. Sie sprachen langsam. Ihre Bewegungen waren langsam und raffiniert. Doch Rossi entging nicht, dass sich die beiden wie Füchse aneinander heranpirschten, jeder darauf bedacht, die Interessen seiner Institute zu wahren, indem er den anderen nicht beleidigte, aber auch nichts verschenkte ohne entsprechenden Gegenwert. Sie spürte, wie das Gespräch an den Schweißperlen zerrte, die der Kardinal diskret mit dem weißen Taschentuch weggenommen hatte. Dann spielte sie das Ave-Maria, aber in dem Arrangement, in dem Sarah Brightman es vorgetragen hatte. Die beiden verstummten und setzten ihr Gespräch erst fort, als Rossi geendet hatte. Vittorio dachte: „Dieses Mädchen weiß, wie man mit Samthandschuhen die Seelen der Menschen streichelt, ohne dass sie es selbst spüren". Rossi machte ihre übliche Pause und ging für einen Moment hinaus. Auf dem Rückweg, als sie an deren Tisch vorbeikam, trafen sich ihre und Vittorios Blicke und er erhob sich instinktiv vom Tisch.

„Kardinal Buenaventura ist begeistert von Ihrem Auftritt und hat sich gefragt, ob Sie an einem nahen gelegenen Benefizkonzert teilnehmen würden, das zugunsten der Obdachlosen in Italien organisiert wird. Es wäre uns eine große Ehre, wenn Sie mit uns ein Glas Wein trinken würden."

„Warum nicht?", nickte Rossi und setzte sich an den Tisch.

Ein Kellner, der das Gespräch mitgehört hatte, kam herbeigeeilt, stellte ein Glas für Rotwein vor sie hin und schenkte ein. In diesen Restaurants schenkten die Kellner wenig ein, aber oft. Ein Gespräch begann. Sie erzählte, dass sie eine bulgarische Studentin des Konservatoriums war und dass es viele Bulgaren in Florenz gab. Rossi erinnerte sich an Jankos Schmerz und beschloss, es zu versuchen.

„Wir haben hier in Florenz einen sehr talentierten bulgarischen Studenten, der Geschichte studiert. Vor kurzem haben wir darüber gesprochen, dass die bulgarische Geschichte eine Überarbeitung braucht. Er erwähnte, dass es einige sehr wertvolle Bücher gibt, die sich nur in der vatikanischen Bibliothek befinden, aber als armer Student kann er die Bibliotheksgebühren nicht bezahlen."

Vittorio dachte kurz: „...sie hat ein gutes Herz, sie versucht zu helfen...". Rossi schaute den Monsignore mit ihrer ganzen Naivität an. Der Monsignore war ein Mann aus Fleisch und Blut, und er konnte nicht umhin, die göttliche Magie in diesem Geschöpf zu erkennen. Er schien beiläufig zu fragen.

„Und euer Landsmann, hat er irgendwelche Namen erwähnt?"

„Ja, er spricht von einem Eticus, Anastasius Bibliothecarius und anderen."

„Oh, er weiß wirklich, wonach er sucht", lächelte der Kardinal und dachte nach. „Diese Bulgaren, diese Bulgaren... vom ersten bis zum fünften Jahrhundert standen sie unter der Jurisdiktion Roms, aber dann haben die byzantinischen Patriarchen das Schisma verursacht..., warum nicht, es ist nur in unserem Interesse, dass die Menschen in Bulgarien diese Dinge wissen."

Der Kardinal nahm ein ledergebundenes Notizbuch mit dem Emblem des Vatikans heraus und schrieb mit einem goldenen Füllfederhalter eine Telefonnummer auf ein einziges Blatt. Er reichte es Rossi und sagte:

„Mein liebes Kind, sag deinem Freund, er soll diese Telefonnummer anrufen und sagen, dass Kardinal Buenaventura ihn empfiehlt. Dann wird er Zugang zu diesen Büchern bekommen, ohne dafür zu bezahlen. Wir haben ein kostenloses Bildungsprogramm zur Unterstützung junger Gelehrter. Richte ihm aus, dass ich ihm von ganzem Herzen Erfolg wünsche und dass Gott ihn bei dieser Arbeit leiten möge."

Dann sah er Vittorio an und sagte.

„Die Glaubensformel der katholischen und der ostorthodoxen Kirche ist sehr ähnlich. Wir haben kein Problem mit Eheschließungen zwischen Katholiken und Ost-Orthodoxen. In der Tat bedeutet orthodox in den slawischen Sprachen katholisch, das heißt, korrekt."

Die Blicke von Vittorio und Rossi trafen sich, und für einen Moment überkam die beiden ein unbändiges Verlangen füreinander, und das in Gegenwart eines heiligen Mannes. Das war beiden furchtbar peinlich. Rossi dachte: „Mein Gott, was für ein gutaussehender Mann!"

„Und du, liebes Kind, könntest Mutter Virginia anrufen, um die Einzelheiten des Konzerts zu erfahren", und er reichte ihr einen weiteren Zettel mit einer Telefonnummer."

Rossi stand auf, verbeugte sich höflich, bedankte sich und ging zum Klavier. Als die beiden Männer sich wieder ansahen, stellten sie beide fest, dass sie ihr unanständig lange mit den Augen gefolgt waren.

Nachts kam sie an Jankos Haus vorbei und sah, dass sein Fenster beleuchtet war. Sie parkte an einer verbotenen Stelle und klingelte bei ihm. Janko öffnete die Tür. Er war erfreut, sie so festlich gekleidet zu sehen.

„Nur kurz, Janko."

Rossi erzählte ihm von Kardinal Buenaventura und reichte ihm strahlend den Zettel mit der Telefonnummer. Auch Janko strahlte. Er küsste sie leidenschaftlich, und einen Moment lang dachte er, sie würde den Raum betreten. Rossi konnte nur an Vittorio denken, und obwohl Janko ein hinreißender Junge war und ihr Blut kochte, riss sie sich flink aus seiner Umarmung und machte sich auf den Weg zum Ausgang, als hätte sie den Boden nicht berührt.

Er war der dritte Mann an diesem Abend, der zitternd mit offenem Mund in der Kometenspur ihres Parfums verharrte.

Haus Corardini

Es war Montag um 9 Uhr. Bevor sie in das Café ging, in dem sie normalerweise frühstückte, kaufte Rossi eine Zeitung und blätterte in den Anzeigen. Milena hatte wirklich Recht. Es gab Stellenausschreibungen in adeligen Häusern. Ihre Finanzen waren in Ordnung, aber Rossi erinnerte sich wieder an die Worte ihrer Mutter. Eine der Anzeigen stand im Namen des Hauses Corardini. Sie kannte in etwa diese Gegend - sie lag oben auf einem Hügel in der Toskana. Es gab eine Telefonnummer und eine Adresse. Sie rief das Telefon an. Frau Corardini war am anderen Ende der Leitung. Sie lud sie zu einem Gespräch ein. Rossi hatte einen kleinen Fiat, und mit dem fand sie schnell den Weg zum Haus. Es hatte einen schönen Garten und einen herrlichen Blick auf das Tal hinter der Stadt. Frau Corardini kümmerte sich normalerweise um das Personal. Rossi machte auf sie den

Eindruck eines schüchternen und sehr bescheidenen Menschen. Das gefiel ihr.

„Und warum wollen Sie diesen Job?"

„Ich bin Studentin und kann damit meinen Lebensunterhalt bestreiten."

Rossi hätte nicht gesagt, dass ihr Vater ihr mehr schickte, als sie für ein gutes Leben in Florenz brauchte, dass eine Nacht im Continental ihr ein sehr gutes Einkommen bescherte... Sie wollte nur, wie ihre Mutter es ihr beigebracht hatte, ihren eigenen Lebensunterhalt verdienen und, wenn sie konnte, sich ein luxuriöseres Leben sichern. Es war eine Frage der Ehre.

Frau Corardini hat nicht gefragt, was sie studiert. Das wäre zu viel Interesse für eine Putzfrau gewesen. Schließlich einigten sie sich darauf, dass Rossi am folgenden Freitag nach dem Mittagessen kommen konnte. Im Restaurant Continental schenkte sie der Pianistin keine Beachtung, schließlich gehörte das Personal zur Einrichtung.

Am Freitag kam Rossi wieder mit seinem kleinen Fiat. Nachdem sie geklingelt hatte, gab es einen Aufruhr und zwei Jungs öffneten die Tür. Rossi erkannte sie sofort. Sie hatte ein fotografisches Gedächtnis. So konnte sie sich ganze Konzerte auswendig merken.

„Mami, komm, ein heißer Feger sucht dich!"

„Benimm euch! Wie könnt ihr so etwas in Gegenwart einer fremden Frau sagen?"

„Komm einfach und sieh sie dir an!"

Frau Corardini erklärte ihr ihre Aufgaben, sagte ihr, wo die Handtücher und Chemikalien seien, wies sie an, die Wertsachen vorsichtig zu behandeln, und zog sich zurück. Etwa zwei Stunden später tauchte sie in einem schönen

Kleid, mit dekadentem Lippenstift und hübschen Ohrringen wieder auf, sagte Rossi, das Geld befinde sich unter der Vase über dem Kamin, sie solle nehmen, was sie vereinbart haben, warf sich in ein rotes Ferrari-Cabrio und verschwand. Bevor sie ging, sah Rossi, dass sich unter der Vase viel mehr befand, als sie vereinbart hatten. Sie lächelte. Ah, ... eine Falle! Sie nahm nur ihren Teil und die Tür schloss sich hinter ihr.

Vittorio

Am darauffolgenden Freitag beendete sie ihre sorgfältige Reinigung und ließ den Staub auf dem Klavier bis zum Schluss liegen. Draußen wurde es bereits dunkel. Sie setzte sich an das Klavier und spielte zunächst leise, um das Haus nicht zu wecken, aber dann vergaß sie es und versank in Chopin, ihrem Lieblingskomponisten. Sie spürte nicht, als sich die Außentür öffnete. Vittorio trat ein und war erstaunt, welcher Engel auf Erden in diesem leeren und verlassenen Haus so fantastisch spielte? Er beschloss, die Lampe nicht anzuzünden, um den schönen Geist nicht zu verscheuchen. Rossi spürte, dass jemand hereinkam, aber hörte nicht auf und zwitscherte.

„Nur ein da capo und ich bin fertig!"

Vittorio kam leise zum Kamin, setzte sich auf den großen, mit rotem Pferdeleder bezogenen Sessel. Die Dogge warf beide Pfoten auf seinen Schoß, und die beiden männlichen Schnauzen nahmen dieses Wunder in sich auf. Das Haus war auf einmal ganz anders, voller Leben und Schönheit...

Bevor der letzte Akkord erklang, hatte Rossi bereits erkannt, dass dies der Gast aus dem Continental war, dass diese Familie zu ihm gehörte. Sie stand anmutig auf, ging zu ihm hinüber und reichte ihm die Hand.

„Ich freue mich sehr, Sie kennenzulernen, Herr Corardini! Mein Name ist Rositsa, aber man nennt mich Rossi." Ihr Italienisch war großartig.

Bevor Vittorio reagieren konnte, leckte die Dogge ihre linke Hand ab, sie war ein wenig verlegen und fragte.

„Wie heißt er?"

„Mozart!"

„Mozart?", ihr schallendes Lachen erfüllte das Haus, und sie ging zur Tür: „Ihr Italiener benennt eure Hunde und Katzen und... Papageien und so weiter nach Komponisten." Dann, als ihr einfiel, dass sie ihr Geld nicht genommen hatte, kehrte sie zu der Vase auf dem Kaminsims zurück, schenkte ihm ihr schüchternes Lächeln und hob die Schultern.

Die Außentür klickte, der kleine Fiat stotterte und verlor sich im Tal, und Giorgio saß noch immer in der Haltung, in der sie ihn verlassen hatte. Das Haus war wieder leer, aber seine Seele war es nicht.

Rossi hatte das Lenkrad fest im Griff und musste sich stark konzentrieren, um die Kurven zu nehmen. Oh mein Gott, mein lieber Gott, sag mir nur nicht, dass das, was ich in meinem Magen fühle, was in meiner Brust steckt, das ist, wonach ich immer gesucht habe. Aber er, er ... er ist verheiratet, er hat Kinder ... Sie ging mit Jungs aus. Und es war nicht so, dass sie keinen Sex mochte, aber irgendwie hatte sie keinen von denen, mit denen sie zusammen war, der sie wirklich bewegte, der sie das fühlen ließ, was sie gerade fühlte.

Die englische Kirche

Julian Kovachev hatte vor langer Zeit die wenigen Bulgaren aus dem Konservatorium zu der La Bohème-Aufführung eingeladen, bei der er „half". Sie sollte in der St. Mark's Church of England stattfinden. Am Abend betrat die bunte florentinische Gesellschaft mit der ihr eigenen Grandesse den Saal. Lange Kleider, Halsketten, Ohrringe... Im Gegensatz dazu gab es viele Touristen mit Turnschuhen... und alles, was die Einheimischen anekelte, aber es ging nicht anders, ... das Einkommen vieler Florentiner hing von den Touristen ab... Für die Musikstudenten war es kein Vergnügen, sondern Arbeit. Sie brachten ihre Partituren mit, breiteten sie auf dem Boden der Galerie aus und vertieften sich hauptsächlich in die Musik und nicht in die theatralische Darbietung. Deshalb trugen sie auch Jeans, weil sie sich auf dem Boden hockten. Es war eine „Zigeuner"-Sitzhaltung, aber eine sehr attraktive. In den Pausen diskutierten sie darüber, was nicht in Ordnung war, was unerwartet gut gelungen war... und waren sich der Welt um sie herum nicht bewusst... die sie mit unverhohlener Neugierde beobachtete... sie waren Teil der unvergesslichen Florenz!

Frau Corardini ließ sich solche Auftritte nicht entgehen, um ihren Freundinnen ihr neues Kleid von Nina Ricci oder Valentino oder ihren neuen Pelzmantel aus russischem Nerz zu zeigen, obwohl es im warmen Italien keinen Bedarf für solche Mäntel gab. In der Pause hatte Vittorio in der

Schlange für den Champagner gestanden und sah unwillkürlich, wie die bunte Gruppe von Studenten und die Pianistin aus Continental diskutierten. Sein Herz klopfte laut, ihm wurde fast schwindelig, was war nur mit ihm los?

Julian ging zügig vorbei, küsste jeden in der Gruppe und verschwand, nachdem er zwei oder drei Sätze gewechselt hatte. Vittorio hatte den Eindruck, dass Julian Rossi zu fest an sich drückte, indem er seinen Arm um ihre schlanke Taille schlang, und das irritierte ihn.

Erneut Vittorio

Am folgenden Freitag arrangierte Vittorio seine Arbeit so, dass er am Nachmittag zu Hause war. Seine Frau und seine Kinder waren zu Besuch bei ihren Eltern. In der vergangenen Woche war er nicht sehr produktiv gewesen. Viele Dinge, die ihn normalerweise ärgerten, machten jetzt keinen Eindruck mehr auf ihn.

Rossi fand den Schlüssel bei dem kleinen Amor am Brunnen im Garten, wie sie es mit Frau Corardini vereinbart hatte, und versuchte, aufzuschließen, aber es steckte ein Schlüssel drin. Dann läutete sie, und Mozart bellte und ging als erster zur Tür, aber er kannte schon ihren Duft und murmelte freundlich. Vittorio kam und öffnete die Tür.

„Ah, Herr Corardini, sind Sie hier?"

„Vittorio für dich Rossi, Vittorio...", die letzten Töne hallten stumm nach.

Rossi wollte die Treppe hinaufsteigen, doch blitzschnell schlängelte sie sich auf ihn zu, umarmte ihn, legte ihre Arme um seinen Kopf und flüsterte:

„Vittorio!"

„Santa Maria, die du meine Gedanken liest!", dachte er. Sie bewegten sich nicht vom Foyer weg. Erst liebten sie sich aufrecht, dann auf dem Boden, irgendwann standen sie auf und gingen ins Schlafzimmer... jetzt waren sie unbekleidet...

Als Rossi mit dem Rücken zu ihm auf dem Bett saß, bemerkte er, dass sie den Rücken einer Ballerina hatte, einen geraden, hohen Hals. Ihr Haar war zu einem langen Zopf geflochten. Sie strahlte Stolz aus...

Rossi überlegte. Was wird passieren, er ist verheiratet... Werde ich nur mit seinen Freitagen leben... Vittorio las ihre Gedanken und sagte es ihr:

„Ich werde mit meiner Frau über eine Scheidung sprechen. Das Feuer ist bei uns schon lange erloschen und ich glaube nicht, dass es irgendwelche Komplikationen geben wird. Rossi wandte sich ab und küsste ihn auf den ganzen Körper, bis er und sie erschöpft waren..."

„Mein Lieber, mein Lieber...", flüsterte sie in Bulgarisch.

Worauf Vittorio erwiderte

„Cara mia, cara mia..."

Auf diese Weise erhielt Vittorio seine erste Lektion in bulgarischer Sprache.

Plovdiv, Bulgarien

Rossi war für die Ferien nach Plovdiv gekommen. Sie hatten eine Villa in dem Dorf Kuklen, nicht weit von Plovdiv entfernt. Kosta und Venka freuten sich, sie zu sehen, sie zeigten

ihr die Geflügelfarm, die sich trotz vieler Probleme gut ent-
wickelte und ein rentables Unternehmen geworden war.
Kosta traute sich nicht, aber Venka fragte, ob sich irgendetwas am Horizont abzeichnete, denn ihr weiblicher Instinkt
sagte ihr, dass sich bei Rossi etwas verändert hatte. Aber sie
antwortete ausweichend.

„Ach Mama, weißt du, Jungs sind ja ganz nett, aber
wenn sie anfangen zu reden...“

Venka wusste, dass es in diesen Zeiten schwer war,
einen Mann mit der reichen Seelenfülle zu finden, die ihre
Rossi verdiente, aber etwas sagte ihr, dass Rossi ihr nicht
alles erzählte. Die Nachbarin, Großmutter Radka, liebte sie
sehr. Ihr Mann war verstorben, und ihre Kinder waren in
Sofia und im Ausland. Kosta, was für ein Schatz er war,
kümmerte sich auch um sie und schickte ihr oft Fleisch oder
Gemüse oder frische Eier vom Bauernhof, die leicht ange-
knackst gesammelt wurden und sofort gegessen werden
mussten. Großmutter Radka war den beiden sehr dankbar.
Kosta bot ihr sogar an, bei ihnen einzuziehen. Sie hatten ihre
Villa nach der neuesten westlichen Mode eingerichtet, und
Einbrüche in unbewohnte Häuser waren in jenen Jahren nor-
mal. Das wäre also gut für Oma Radka und für Kosta und
Venka. Wenn Rossi Oma Radka besuchte, vertraute sie sich
ihr gewöhnlich an und bat sie, nichts zu verraten.

„Er ist also so alt wie mein Vater. Kannst du dir vorstellen, wie sie reagieren werden?“

„Aber liebe Rossi, früher oder später werden sie es
erfahren. Wenn er ein guter Mensch ist, werden sie ihn kennen und lieben, also musst du es ihnen sagen!“

Am Samstag kam die Tochter von Oma Radka aus
Sofia, Sonja, mit ihrem Mann Nikolay. Auch sie liebten

Rossi sehr und waren mit Kosta und Venka verbunden. Rossi wusste, dass Oma Radka Sonja und Nikolay von Vittorio erzählt hatte, und sie sprach ausführlich mit Sonja darüber, was zu tun sei. Am Abend lud Venka sie zu einem Besuch ein. Sie zeigte ihnen das ganze Haus. Sie waren alle begeistert von dem italienischen Bad, der deutschen Küche, überhaupt war es ein europäisch eingerichtetes Haus in dem Dorf Kuklen, mit einem schönen Klavier, auf dem Rossi abends spielte.

Auch Daniela war an diesem Sonntag ins Dorf gekommen. Sie war Klavierprofessorin am Konservatorium in Sofia, sie gab auch ab und zu Konzerte im Ausland, aber ihr Gehalt war gering und ihre Eltern halfen ihr sehr mit dem, was der Garten hergab. Sie wohnten in der Nähe von Rossi, und Daniela kam bei ihr vorbei, als sie sie spielen hörte. Als sie die Gäste sah, wollte sie gehen, aber Kosta, galant wie er war, sprang auf, nahm sie zärtlich bei der Hand und führte sie zu Tisch. Daniela aber setzte sich neben Rossi, und sie spielten vierhändig. Die Musik mischte sich mit dem Murmeln des Flusses unter ihnen. Rossi erzählte ihnen, dass ihr Lehrer am Konservatorium bereits mit einer Plattenfirma gesprochen hatte, dass ihr Impresario, der traditionell zu allen Produktionen des Konservatoriums kam, ihr bereits angeboten hatte, mit ihr auf Tournee zu gehen... Während sie sprach, sah sie Sonja an, seufzte und hob die Schultern in einem kaum wahrnehmbaren Achselzucken. Kosta war ein sehr kluger Mann, und wenn er geschäftlich erfolgreich war, dann auch deshalb, weil er „Menschen lesen" konnte. Die Vorahnung, dass dieses schöne Kind unglücklich sein könnte, beunruhigte ihn. Er fragte, wie es seine Gewohnheit war, direkt nach.

„Rossi, bedrückt dich etwas?"

„Oh nein, lieber Daddy, es ist alles molto bene, mach dir keine Sorgen."

Nach einer Weile kam ein schwarzer Hund auf Sonja zu und Venka beruhigte sie.

„Keine Sorge, das ist unser Mozart."

Sonja, Nikolay und Oma Radka sahen Rossi verschwörerisch an.

„Sonja, wann kommt ihr mich in Florenz besuchen? Komm mich diesen Herbst besuchen. Ich zeige euch die Stadt, ich weiß alles..."

„Auf jeden Fall, ich war noch nie in Italien."

Toskana

Eines Abends im September klingelte es im Haus von Sonja und Nikolay. Nikolay schrieb wie immer etwas, und Sontsche eilte zum Telefon.

„Rossi, Liebling, was ist denn los?"
Sie unterhielten sich eine Stunde lang. Und damals waren solche Gespräche verdammt teuer. Es stellte sich heraus, dass Vittorio sich scheiden ließ und sie geheiratet hatten.

„Komm, komm bitte, komm und sieh, was für ein großartiger Mann mein Vittorio ist!"

Sie verabredeten sich für die nächste Woche. Sie würden durch Venedig und dann durch Florenz fahren.

In Florenz riefen sie aus dem Hotel an. Eine halbe Stunde später kam Rossi mit Vittorios Auto, um sie abzuholen, und nach weiteren 30 Minuten stiegen sie vor demselben Haus aus dem Auto. Nach der Scheidung zogen

Valentina und die Jungen bei ihren Eltern ein. Das Gespräch über die Scheidung war für Italiener ungewöhnlich rational. Es gab keine der endlosen Tiraden, Beleidigungen, Geschrei und überzogene Anschuldigungen, die in solchen Fällen üblich sind. Alles verlief reibungslos.

Sonja und Nikolay verstanden Rossi auf Anhieb. Vittorio war wirklich ein charmanter Typ. Sein Englisch war nichts Besonderes, aber das spielte keine Rolle. Sie gingen hinauf ins Wohnzimmer. Sonja und Rossi tauschten ein Meer von Worten aus. Sie konnten nicht aufhören zu reden.

„Rossi, warum spielst du nicht etwas für uns?"

Rossi war in Windeseile hinter dem Klavier und setzte das Gespräch über das vorherige Thema fort, indem sie spielte. Diesmal spielte sie den „Sad Song" von Elton John mit Variationen und fuhr in diesem Stil fort. Vittorio und Nikolay hörten zu, tauschten mal einen Satz aus, und Mozart lag zwischen ihnen auf dem Boden. Diesmal starrten drei männliche Schnauzen auf zwei Visionen, Rossi und Sonja. Rossi erklärte ihnen spielend, dass Vittorio einen Tisch in einem Restaurant in der Toskana reserviert hatte, das das beste Kalbfleisch und den besten Wein der Toskana anbot. Bevor sie gingen, öffnete Vittorio einen alten „Sekretär" und nahm eine Schublade mit Münzen heraus. Er wählte eine davon aus und reichte sie lächelnd an Nikolay. Sorgfältig wartete er auf dessen Reaktion. Nikolay selbst interessierte sich für Geschichte und so weiter. Er starrte die Münze mit Interesse an. Es war ein Euro, wie ihn die Länder der Eurozone seit kurzem prägen. Auf einer Seite war ein Bild von Europa zu sehen. Vittorio wartete noch einen Moment und erklärte dann.

„Als die erste Serie von 1.000 Münzen geprägt wurde, stellte man fest, dass das Bild von Europa noch eine Grenze zwischen Ost- und Westdeutschland aufwies. Aber die beiden Länder hatten sich erst kürzlich vereinigt, und das war ein Fehler. Die Serie wurde gestoppt und die Münzen so weit wie möglich beschlagnahmt. Dies führte jedoch zu einem sehr hohen Wert dieser Münze, und sie ist heute sehr begehrt."

Das war das Geschenk, das Nikolay erhielt, und er war sehr glücklich. Sonja erhielt einen dünnen Wollschal aus Merino-Wolle. Vittorio wollte nicht erklären, wie diese dünnen Fasern gewonnen wurden, aber der Schal war sehr weich und schön.

Sie kamen bei Alberto an. Als er sie sah, sprang er auf wie aufgescheucht, eilte freudig zum Eingang und stieß einen solchen Wortschwall und Ausrufe aus, dass die Lampen zu schwanken schien... er küsste Vittorio und Rossi, Vittorio sagte ihm, dass er besondere Gäste aus Bulgarien habe und er sie sehr aufmerksam behandeln solle. Alberto war scheinbar beleidigt, wie konnte er so etwas sagen, wann haben Vittorios Gäste nicht das Beste vom Besten bekommen...?

Das Restaurant war buchstäblich überfüllt mit Menschen. Alberto führte sie zu dem reservierten Tisch. Das Restaurant war relativ klein und sie saßen ziemlich dicht beieinander. Er sagte sehr schnell etwas zu Vittorio, und Rossi übersetzte, dass er und sein Nachbar darüber stritten, wer dieses Jahr den besseren Wein gemacht habe, und ob Vittorios Gast bereit wäre, beide Weine zu probieren und zu beurteilen.

„Natürlich!", antwortete Nikolay, der sich sowieso für gute Weine interessierte, aber vorher fragte er: „Warum sind gute Weine so teuer?"

Alberto fiel in sein Element.

„Oooo Segniore, das ist also eine komplizierte und teure Angelegenheit, ich bin in meinem Leben taub geworden, um mir solche Fragen anzuhören, Vittorio, Vittorio, komm mit mir in den Keller, bitte komm, ich werde dir Weine von über 100 Jahren zeigen und ich werde dir einige Dinge erzählen, von denen du verstehen wirst, dass dies eine wirklich große Ausgabe ist, Mama mia, es ist eine solche Ausgabe, diese Ausländer, questi stranieri, stupidita senza fine, ... kommt, kommt, kommt..."

Alberto schloss drei Vorhängeschlösser auf, erreichte schließlich eine Tür mit Sicherheitselektronik, stellte den Code ein und öffnete die Tür. Er schaltete die Lampen ein und seine Gäste sahen in den steinernen Gewölben eine Vielzahl von Regalen, einige davon mit viel Staub bedeckt... Flaschen in allen möglichen Formen.

„Sehen Sie, Seniore Nikolay! Je nach Jahrgang müssen wir alle fünf bis sieben Jahre die Flaschen öffnen und die Korken wechseln. Und der beste Korken aus Spanien hält sich nicht länger als sieben Jahre. Außerdem sind Flaschen zerbrochen, einige hatten undichte Korken und der Wein darin ist verdorben. Von hundert Flaschen werden also nach 100 Jahren zehn wieder zum Leben erweckt und neunzig nicht. Außerdem sollten die Flaschen umgedreht werden, damit sich die Kristalle gleichmäßig absetzen und die Korken gleichmäßig benetzt werden. Es ist eine feine Arbeit, man kann keine Studenten wie Vittorios Schönheit für diesen Job einstellen, die haben ihren Verstand woanders, man muss sich kümmern, viel... das macht den Preis aus. Natürlich kann man eine Grand Reserve nicht aus dem Müll ziehen, die Sorte muss gut sein, das Jahr muss im Frühling regnerisch und im Sommer trocken sein, es darf keinen Hagel geben, der Herbst muss spät trocken sein, wie viele Jahre sind so... mamma mia, capito!!!!"

Jetzt wussten alle, warum alte Weine aus der Toskana unbedingt teuer sein mussten. Nach dem großartigen Vortrag überreichte Alberto Vittorio zwei verstaubte krumme Flaschen und alle gingen zu Tisch. Eine vollbusige, gut gerundete Italienerin hatte eine Schüssel mit flachen Makkaroni gebracht, die mit Butter und geriebenen Trüffeln gekocht worden waren. Nach einer Weile brachte sie die Kalbsschulter. Gott, was für ein köstliches und zartes Fleisch! Alberto brachte auch zwei Flaschen, die in weißem Tuch eingewickelt waren, damit man das Etikett nicht sehen konnte. Er goss in tiefe Bechergläser ein, die in ihrer Größe nicht zueinander passten, trat in respektvollem Abstand zurück und wartete. Die Stimmung war grandios, Vittorio erzählte Nikolay etwas, und Rossi fragte Sonja: „Sag, ist er nicht ein großer Schatz?" Daran hat niemand gezweifelt. Nikolay probierte von einem Glas und dann vom anderen. Nach einer Weile näherte sich Alberto, und alle sahen Nikolay an. Nikolay zeigte auf das linke Glas, und in Sekundenschnelle wurde ihm klar, dass dies das größte Verbrechen seines Lebens war, dass er sich keiner Schuld bewusst war, dass der Wein des Nachbarn nicht besser sein konnte als der von Alberto! Sonja schaute Nikolay ziemlich wütend an, und Rossi und Vittorio brachen in Gelächter aus.

Alle haben sich vor Lachen geschüttelt.

Das war Albertos regelmäßiger Trick, er schenkte immer denselben Wein ein, seinen Wein, und machte dann dieses große Theater.

Sonja versuchte, etwas zu sagen und fragte ihn, ob er Englisch verstehe. Alberto wandte sich an Nikolay und fragte ihn: „Sprichst du Englisch?", woraufhin Nikolay mit „Ja" antwortete. Alberto wandte sich dann an Sonja, zeigte auf Nikolay und sagte.

„Schau cara mia, er kann Englisch, sprich mit ihm."
Wieder lachten alle.

Auf dem Rückweg fuhren sie durch Florenz, um Sonja und Nikolay am Hotel abzusetzen. Sie stiegen aus dem Auto aus. Vittorio reichte Nikolay einen Leinensack mit einer Flasche sehr alten und teuren Weins aus der Toskana. Vittorio hatte noch nie gesehen, wie sich bulgarische Frauen verabschieden. Es war ein endloses Gezwitscher und nach der ersten Verabschiedung folgten neue Tiraden, wieder gefolgt von „Ciao Schatz und komm uns mal wieder besuchen, nein du kommst nach Deutschland, ja das müssen wir organisieren, *lele* was hast du heute für einen schönen Haarschnitt, warst du eigentlich beim Friseur.... Aber du hast auch so ein elegantes Kleid an..." Als ob sie diese Dinge nicht schon zu Beginn des Treffens besprochen hätten. Die Männer sahen sie lächelnd an... Schließlich küssten sich die beiden herzlich und die Männer waren an der Reihe, sich zu verabschieden. Nachdem die Straße einen Moment lang still geworden war, fuhr das Auto los und verschwand in der Ferne.

Rossi dachte, sie hatte so viele nette Leute in Bulgarien zurückgelassen. Vittorio verlangte nichts weiter vom Leben und saß trällernd hinterm Steuer.

Es war wieder diese stille, warme Mitternacht in Florenz, die sich nach dem Lärm von morgen sehnte.

ENDE